Schulkrimi

D1672882

Für Theresa

Jakob F. Dillinger

Eine folgenschwere Entscheidung

Kriminalroman

Impressum

Bibliografische Information der Deutschen Nationalbibliothek:
Die Deutsche Nationalbibliothek verzeichnet diese Publikation in der Deutschen Nationalbibliografie; detaillierte bibliografische Daten sind im Internet über http://dnb.dnb.de abrufbar.

© 2021 Jakob F. Dillinger

Herstellung und Verlag: BoD – Books on Demand, Norderstedt

ISBN: 9783754344323

Bezüge zu real existierenden Orten sind gewollt. Personen und Handlung des Kriminalromans sind erdacht und rein fiktionaler Natur.

Kapitel 1

[=> Isabelle Sandner]

10er-Abschluss der Bischöflichen Franziskus-Gesamtschule. Isabelle Sandner war zwar nicht Klassenlehrerin einer 10. Klasse, aber sie unterrichtete einen E-Kurs der Jahrgangsstufe 10 in Chemie. Aus diesem Grunde war auch sie zu diesem 10er-Abschluss mit Zeugnisverleihung und anschließender Abschlussfeier erschienen. Die zahlreichen Reden von Schulleiter, Lehrer-, Eltern- und Schülervertretern im Rahmen der Zeugnisverleihung zogen sich an diesem warmen und stickigen Sommertag im Forum hin wie Kaugummi. Die circa 550 Schüler, Eltern und Lehrer schwitzten ordentlich, was man nach einer gewissen Zeit auch deutlich riechen konnte.

Isabelle rümpfte die Nase, als der „offizielle" Teil endlich geschafft war. Jetzt noch den Abend bei der Abschlussfeier ordentlich ausklingen lassen. Ein, zwei Gläschen Sekt, ein bisschen Smalltalk mit Eltern und Kollegen und den netten Anlass entsprechend feiern. Das war Isabelles Plan. Bis zu diesem unangenehmen Auftritt dieses unmöglichen Schülervaters. Peinlich dieser Typ.

Danach wollte sich Isabelle nur noch zurückziehen. Den Kopf frei bekommen, durchatmen, unbeobachtet ein paar Minuten für sich allein sein im Chemieraum. Nach dem Auftritt des Schülervaters flüchtete Isabelle: vorbei an den Feiernden, vorbei am Sektstand, hinein in den naturwissenschaftlichen Trakt der Schule, in dem sich auch der Chemieraum befand.

Als sie den Schlüssel ins Loch steckte, wehte ihr ein laues Sommerlüftchen von der geöffneten Notausgangstür am Ende des Ganges entgegen. Inzwischen hatte sich bei den Naturwissenschaftskollegen eingebürgert, diese Tür als normale Ein- und Ausgangstür zu nutzen – verkürzte sie doch den Weg zum Lehrerparkplatz um glatte 200 Meter. „Wo kein Kläger, da kein Richter," sprachen sie untereinander hinter vorgehaltener Hand.

„Solange die Schulleitung davon keinen Wind bekommt – egal."

Im Raum angekommen, ging sie zuerst zum Waschtisch und warf einen Blick in den Spiegel. Ihre langen, hellbraunen Haare, die sie für den Abend aufwendig gestylt hatte, hatten ein wenig ihre Form verloren, ihr dezentes Make-Up war an einigen Stellen leicht verschmiert. Die allgegenwärtige Sommerhitze im Forum hatte auch bei ihr Spuren hinterlassen.

Doch selbst das Make-Up konnte die Müdigkeit Isabelles tiefblauer Augen nicht kaschieren. Sie atmete tief durch. Die letzten Tage waren auch ohne den peinlichen Schülervater stressig genug gewesen, es ging auf das Ende des Schuljahres zu. Noch zwei Wochen Schule, dann sollten endlich die Sommerferien beginnen. Jahr für Jahr waren das mit die stressigsten Wochen im Lehreralltag: 10er-Abschluss, Abiturgottesdienst und Abiball, Zeugniskonferenzen, Zeugnisdruck ... das volle Programm. Und dann war da ja noch ihre Bewerbung auf die A14-Beförderungsstelle. Vor zwei Tagen war endlich rausgekommen, dass ihre Bemühungen und Anstrengungen - trotz all der Widrigkeiten - erfolgreich gewesen waren.

Isabelle setzte sich auf den Lehrerstuhl und legte die Beine aufs Lehrerpult. Sie musste keine Angst vor neugierigen Schüler- oder Elternblicken haben. Die Fenster des Raumes waren zum Schulhof ausgerichtet, der zum Lehrerparkplatz führte. Sie waren so von Büschen bedeckt, dass man nur bei einem bewussten Marsch in die Grünbepflanzung in den Raum hätte gucken können. Die vereinzelten Schüler, Eltern und Kollegen, die bereits jetzt die Veranstaltung verließen, konnten die lümmelnde Lehrerin in entspannter Pose so nicht wahrnehmen. Nun roch sie, dass auch ihr Deo gegen die Hitze nicht mehr vollständig ankam.

Isabelle holte tief Luft. Sie hätte es gegenüber ihren Kolleginnen und Kollegen nie zugegeben, aber der Trubel der letzten Tage und Wochen hatte ihr ordentlich zugesetzt. Sie waren alles andere als leicht gewesen. Es gab Zoff. Sie sah sich regelrechten Anfeindungen ausgesetzt. Mobbing vom Feinsten. Und das nur, weil sie sich beworben hatte auf diese A14-Stelle, auf die Beate Wagner, ihre Englisch-Kollegin und Lehrerratsvorsitzende schon seit elf Jahren gewartet hatte.

Aber Isabelles Zähigkeit und ihr Biss hatten sich ausgezahlt. Seit zwei Tagen wusste sie: Sie war am Ziel. Das Bistum, ihr Dienstherr, hatte ihr telefonisch mitgeteilt, dass sie sich im Verfahren durchgesetzt hatte. Sie, die 30-Jährige mit gerade einmal vier Jahren Berufserfahrung, die von einigen stutenbissigen Kolleginnen als dunkelhaarige Barbie verspottet wurde, hatte sich durchgesetzt, gegen eine renommierte Kollegin mit 17 Jahren Berufserfahrung. Ein erhabenes Gefühl.

Und dann war da noch der Stress mit der „Kundschaft", der in diesem Jahr ungewöhnlich harsch ausgefallen war. Kathrin Schmidt, Schülerin ihres Q2-Englisch-Leistungskures hatte ihr die Pest an den Hals gewünscht, weil sie unter anderem aufgrund von zwei Defiziten im Englisch-Leistungskurs die Zulassung für die Abitur-Prüfungen nicht erhalten hatte. Kathrins Wut war auch Wochen danach noch nicht verraucht. Unzählige Beschwerdemails mit zum Teil absurden Beschuldigungen übelster Art in Isabelles E-Mail-Postfach dokumentierten das eindrucksvoll.

Ein ähnliches Bild zeigte sich bei Paula Grubert, Schülerin der 10c. Isabelle hatte Paula eine 4 im 10er-E-Kurs in Chemie gegeben, die laut Prüfungsordnung eine Minderleistung ist. Da Paula keinen Ausgleich in einem anderen Fach vorweisen konnte, bekam sie nicht den FORQ, die Qualifikationsbescheinigung für die gymnasiale Oberstufe. Die Blicke von Paula und ihren Eltern in Richtung Isabelle während der Zeugnisverleihung im Forum waren wie Giftpfeile - einer tödlicher als der andere. Dass Paulas Vater sie vor versammelter Mannschaft vor dem Sektstand aber so blöd anmachen würde, hatte sie nicht erwartet.

Es klopfte an der Tür. Isabelle reagierte nicht. Die Tür war zwar nicht verschlossen, aber ein Knauf an der Außenseite verhinderte, dass Unbefugte den Chemieraum einfach so betreten konnten. Das Klopfen wiederholte sich, dieses Mal deutlich energischer. Wer konnte das sein? Ein Chemie-Kollege, der seine Sachen hatte liegen lassen? Isabelle stand auf und öffnete die Tür. Was hatte diese Person hier zu suchen?!

Kapitel 2

[Schulleiter Weinert =>]

Frau Sandner kam vor vier Jahren an unsere Schule, nachdem sie ihr Referendariat im Ruhrgebiet absolviert hatte. Ihre Noten in beiden Fächern, sowohl in Chemie als auch in Englisch, waren exzellent. Als Schulleiter kann ich sagen, dass sie eigentlich vom ersten Tag an wie ein „alter Hase" in diesem für sie vollkommen neuen System agiert hat. Sie erfasste kollegiale Schwingungen und soziale beziehungsweise systemimmanente Strukturen auf Anhieb. Zudem war sie äußerst engagiert, zuverlässig und loyal.

In meiner Rolle als ihr Chef und Schulleiter konnte ich stets auf ihre Professionalität und ihren standfesten Charakter bauen. Frau Sandner war insbesondere bei den jüngeren Kolleginnen und Kollegen beliebt, ihre direkte und offene Art kam bei ihrer Altersgruppe gut an. Auf die älteren, männlichen Kollegen wirkte ihre Art durchaus erfrischend. Sie war trotz ihrer Jugendlichkeit - sie fing hier schließlich mit gerade einmal 26 als Vollzeitkraft an - alles andere als ein Duckmäuschen und sagte, was ihr missfiel. Letzteres führte mitunter aber zu gewissen Spannungen mit der älteren, insbesondere weiblichen Belegschaft. Und daran bin ich - ich gebe es unumwunden zu - sicherlich nicht ganz unschuldig.

Denn diese Spannungen, die von Anfang an bestanden, wurden zu regelrechten Verwerfungen aufgrund eines Beförderungsverfahrens um eine A14-Stelle. Man muss wissen: Unter Lehrerinnen und Lehrern herrscht mitunter noch die Meinung vor, dass eine Beförderung eine Art - ich formuliere es bewusst in zugespitzter Form - gottgegebene Selbstverständlichkeit mit fortschreitendem Dienstalter ist. Ich bin - so wie mein Stellvertreter im Übrigen auch - jedoch der Ansicht, dass auch im Lehrerberuf das Leistungsprinzip gelten sollte. Der beziehungsweise die Beste sollte aufsteigen und ausgezeichnet werden, nicht der beziehungsweise die Dienstälteste. Das sehen insbesondere einige der älteren Kolleginnen und Kollegen jedoch komplett anders.

Frau Sandner hat von Anfang an gewusst, dass wir auf diesem Standpunkt stehen. Das Leistungsprinzip war Teil ihrer Persönlichkeit. Und so war sie von ihrem Dienstantritt an äußerst strebsam und ehrgeizig. Der evident vorhandene Konkurrenzkampf der erwähnten Damen schien ihr hingegen rein gar nichts auszumachen. Im Gegenteil: Dieser schien sie sogar noch mehr anzutreiben.

Mit Blick auf ihre Schülerinnen und Schüler war Frau Sandner stets hart in der Sache, aber herzlich im Umgang. Sie hatte klare und transparente Erwartungen an die Lernenden. Fairness hatte für sie oberste Priorität. Und auch ihren Schülerinnen und Schülern machte Frau Sandner von Anfang an deutlich, dass die Kinder und Jugendlichen bei ihr Leistungen zu erbringen hatten und sich anstrengen mussten, um die Standards zu erreichen. Das war jeder Schülerin, das war jedem Schüler klar, der in ihren Klassen beziehungsweise ihren Kursen saß. Wer diese Herausforderung nicht annahm, konnte dementsprechend auch scheitern. Das führte natürlicherweise zu Unmut bei denjenigen, die darauf gesetzt hatten, dass sich am Ende doch noch das große pädagogische Lehrerherz bei strittigen Entscheidungen durchsetzen würde. Aber da hatten sie die Konsequenz der jungen Kollegin Sandner unterschätzt.

Nein, Frau Sandner ist wirklich von Anfang an ein großer Gewinn für unser Kollegium und unsere gesamte Schule gewesen. Ihre pädagogische und fachliche Arbeit war immer herausragend. Dass sie jetzt tot ist, dass es auch noch Mord war, schockiert und entsetzt mich zugleich.

Kapitel 3

[=> Altmaier]

„Herr Weinert, wie kommen Sie darauf, dass es Mord war?" Kommissar Altmaier und sein Kollege Hartmann schauten sich argwöhnisch an. Der Schulleiter rang sichtlich um Fassung.

„Nun … ja … ähm …", stammelte Weinert. „Sie sagten doch eben Sie seien von der Mordkommission."

„Das sind wir. Zum jetzigen Zeitpunkt kann man über die Todesursache aber noch rein gar nichts sagen. Das wird erst die Obduktion zeigen." Altmaier beobachtete den Schulleiter von der Seite. Dieser schien sichtlich verstört. Der Kommissar konnte aber nicht abschätzen, ob die Verstörtheit des Schulleiters mit dem Tod seiner Kollegin Sandner zusammenhing oder auf seine unbedarfte Aussage gegenüber den beiden Kommissaren zurückzuführen war.

Peter Weinert war recht groß gewachsen, aber weit entfernt vom Gardemaß. Mit seinen schätzungsweise Mitte 50 und seiner recht stämmigen Figur mit leichtem Bauchansatz wirkte er wie die Verkörperung des Durchschnittsdeutschen in dieser Altersklasse. Sein kurzes, graues Haar war von einigen kahlen Stellen gekennzeichnet. Dafür war sein grauer Vollbart umso dichter. Weinert trug ein hellblaues Hemd zu einem dunkelblauen Anzug, dessen Revers von einem kleinen, goldenen Kreuz geziert wurde.

Sein Büro war schlicht und nüchtern eingerichtet. In der rechten Ecke des Raumes stand eine kleine Sitzgruppe, an der der Schulleiter zusammen mit den Kommissaren Platz genommen hatte. Links daneben führte eine Tür direkt in das Sekretariat der Gesamtschule. Schräg gegenüber der Sitzgruppe befand sich eine weitere Tür, die in den Lehrertrakt führte. In der linken Ecke des Raumes stand ein moderner Schreibtisch, auf dem zwei PC-Bildschirme standen. Hinter dem Schreibtisch hing das Bild eines Geistlichen, den Altmaier als den Bischof des schultragenden Bistums ausmachte.

Die Morgensonne, die auf die Lamellen der Sonnenblende vor den Fenstern strahlte, sorgte für ein gitterförmiges Schattenraster an der Wand, das einen gewissen Gefängnischarme erzeugte. Der Geruch des Raumes war sehr speziell. Er erinnerte Altmaier an seine erste Beichte als Drittklässler im Rahmen der Kommunionvorbereitung vor circa 45 Jahren. Dieser Geruch hatte sich in Altmaiers Gedächtnis eingebrannt. Damals in der Sakristei der Marktkirche zu Paderborn hatte es ähnlich gerochen. „Modrig-katholisch" war wohl der passende Ausdruck für diese besondere „Duftnote".

Altmaier und Hartmann hatten dem Schulleiter zuvor geduldig bei seinem langwierigen Monolog über die Kollegin Isabelle Sandner zugehört, der sich an einigen Stellen so angehört hatte, als würde der Schulleiter aus einem Gutachten zitieren. Doch Altmaier reichten diese Informationen nicht.

„Herr Weinert, Sie sagten eben, dass Frau Sandners konsequentes Handeln mitunter zur

Verärgerung bei einigen Schülerinnen und Schülern geführt hat. Gab es deshalb in letzter Zeit Probleme, die an Sie herangetragen worden sind?

„Diese Problemfälle gab es immer mal wieder. In der jüngeren Vergangenheit kann ich mich insbesondere an zwei Fälle erinnern, bei denen die Bewertung von Frau Sandner zu einigen Beschwerden in Form von E-Mails und Anrufen geführt haben. Diese waren mit teils wüsten Anschuldigungen und Beschuldigungen versehen. Manche gingen direkt an mich, bei anderen wurde ich in „CC" gesetzt. Wobei - das muss ich dazu sagen - diese Beschwerdefälle, die direkt an den Schulleiter gehen, haben in den letzten Jahren deutlich zugenommen. Da stellte Frau Sandner keinen Ausnahmefall dar. Das ist heutzutage Alltag in jeder Schule, für jeden Schulleiter.

„Von wem gingen diese Anrufe und E-Mails aus?"

„Da waren zum einen Beschwerdemails und - wenn ich mich recht entsinne - auch ein

Anruf von den Eltern von Kathrin Schmidt, die im nächsten Schuljahr die Jahrgangsstufe Q2 wiederholen wird, weil sie aufgrund von mehreren Defiziten im Englisch-Leistungskurs von Frau Sandner nicht die Zulassung für die Abiturprüfungen erhalten hat. Für meinen Geschmack noch heftiger, weil teils unter der Gürtellinie, waren aber die E-Mails und Gespräche mit Familie Grubert. Paula Grubert und ihre Eltern waren auf 180, weil sie Frau Sandner dafür verantwortlich machten, dass Paula nicht die Qualifikation für die Gymnasiale Oberstufe erhalten hat. Alle drei waren auch am gestrigen Abend bei der Zeugnisverleihung und Abschlussfeier des Jahrgangs 10 vor Ort."

Altmaiers Kollege Hartmann hatte eifrig mitgeschrieben. Weinert wurde darauf aufmerksam.

„Ich werde die Sekretärinnen anweisen, die Kontaktdaten für Sie herauszusuchen." Dann schwieg der Schulleiter für einen Moment. Altmaier nutzte die Stille für eine weitere Nachfrage.

„Herr Weinert, Sie sprachen vorhin auch davon, dass Frau Sandner ein mitunter schwieriges Verhältnis zu einigen älteren Kolleginnen gehabt habe. Wen meinen Sie da im Speziellen?"

Weinert zögerte und überlegte. „Also, wissen Sie, Herr Kommissar, ... ich möchte nicht, dass mir nachgesagt wird, ich hätte unschuldige Kolleginnen und Kollegen zu Verdächtigen in einem möglichen Mordfall gemacht."

„Herr Weinert, wir können Sie auch gerne ins Polizeipräsidium vorladen lassen." Altmaier war bereits jetzt genervt von dem sich zunächst in einem langen Monolog verlierenden und sich nun sichtlich windenden Schulleiters. Aber Altmaiers Ansage wirkte.

„Ich habe ja eben schon erwähnt, Herr Altmaier, dass es Unstimmigkeiten aufgrund einer A14-Beförderungsstelle im Haus gegeben hat. Frau Sandner hatte sich darauf beworben, in Konkurrenz zu einer älteren Kollegin. Vor zwei Tagen teilte das Bistum als Schulträger mir und auch den beiden Bewerberinnen mit, dass sich Frau Sandner im Verfahren durchgesetzt hatte. Das führte zu einer regelrechten Empörung insbesondere bei den älteren Kolleginnen und an vorderster Front bei ... der Unterlegenen Beate Wagner, die sich ihrer Sache wohl zu sicher war. Die Anderen haben - aus meiner Perspektive - wohl eher aus Solidarität zu ihrer langjährigen Mitstreiterin Frau Wagner gegen die Entscheidung des Bistums gewettert. Es war allerdings nicht das erste Mal, dass Frau Wagner mit Frau Sandner über Kreuz lag.

„Wer stand Frau Sandner aus dem Kollegium demgegenüber am nächsten? Zu wem hatte sie das beste Verhältnis?"

„Ich denke, das war eindeutig Stefanie Allmann, Englisch und Sport. Die beiden kannten sich bereits aus dem Referendariat und haben, so wie man hörte, auch des Öfteren privat etwas unternommen."

Altmaier musste an die junge Frau Sandner denken, die er vorhin nur kurz leblos auf dem Boden des Chemieraumes hatte liegen sehen. Er war schon auf dem Weg ins freie Wochenende Richtung Westfalen zu einem Treffen mit seinen alten Studienfreunden gewesen, als ihn der Anruf aus dem Präsidium von Schmidt erreichte. „Sorry, Stefan, das wird nichts mit deinem freien Wochenende. Eine Tote in der Franziskus-Gesamtschule. Junge Lehrerin, ledig, Anfang dreißig, heute nach einer Abschlussfeier gefunden. Die Spurensicherung ist schon da. Ich schick' dir die Adresse aufs Handy. Dann kannst du gleich hin."

Es klopfte an der Tür des Schulleiterbüros. Ein Mann mit schwarzen, kurzen Haaren und moderner Brille betrat den Raum. Er war schlank und von sportlicher Figur. Altmaier schätzte sein Alter auf Mitte 40. Mit seinem Outfit bestehend aus einem grauen Twillanzug mit hellblauem Designerhemd und einem bordeauxroten Seidenschal um den Hals wäre er auch auf der KÖ in Düsseldorf nicht weiter aufgefallen. Auf den ersten Blick nahm Altmaier seine geröteten und feuchten Augen wahr.

„Entschuldigen Sie bitte die Verspätung. Christian Derendorf, stellvertretender Schulleiter."

Nach einem kurzen Handschlag mit Altmaier und Hartmann setzte sich Derendorf auf einen der freien Plätze. Der Stellvertreter von Peter Weinert war nach Altmaiers Einschätzung größer als sein Chef. Die beiden wirkten auf Anhieb eher wie ein ungleiches Team. Hier der etwas altbacken-traditionell wirkende Verwaltungsmensch Weinert, dort der elegant gekleidete Sportlertyp Derendorf. Letzterer hatte sich nach Weinerts Anruf sofort ins Auto gesetzt, war aufgrund eines Unfalls auf der Autobahn aus Richtung Düsseldorf aber erst jetzt eingetroffen.

„Ich muss Ihnen ehrlich sagen… mir fehlen die Worte. Auf der Fahrt hierhin konnte ich mich kaum auf den Verkehr konzentrieren. Isabelle Sandner war eine so freundliche und liebenswerte Kollegin, ich …" Derendorf brach die Stimme. „Ich … ich kann es nicht fassen …"

Die Bestürzung stand ihm ins Gesicht geschrieben.

Altmaier übernahm wieder das Ruder. „Herr Derendorf, schön, dass Sie es dennoch so früh einrichten konnten. Uns war es nach diesem tragischen Vorfall wichtig, mit Ihnen beiden an dieser Stelle zu sprechen, weil wir natürlich in alle möglichen Richtungen denken MÜSSEN, um im Fall der Fälle keine Zeit zu verlieren. Deshalb wäre es nett, wenn Sie uns noch ein paar Fragen, insbesondere zum gestrigen Abend beantworten würden. „Was können Sie uns über den Ablauf des gestrigen Abends sagen? Haben Sie eventuell etwas mitbekommen mit Blick auf Frau Sandner?"

Weinert antwortete sofort. „Der gestrige 10er-Abend mit Zeugnisverleihung und anschließender Feier wird traditionell am Freitag zwei Wochen vor den Ferien durchgeführt. Der Abend begann um 19 Uhr mit meiner Begrüßungsrede, gefolgt von den Grußworten des Kollegen Heiner Emde, stellvertretend für die vier 10er-Klassenlehrer, sowie den Reden der Eltern- und Schülervertreter. Die Zeugnisverleihung im Anschluss dauerte circa eine Stunde für die 115 10er-Schüler, so dass der inoffizielle Teil der Veranstaltung gegen 20 Uhr startete. Unterrichtende Kollegen, Schüler und Eltern feiern dann nach Tradition gemeinsam im Forum unserer Schule, das Sie eben bereits gesehen haben. Es werden kleine Snacks gereicht, Getränke werden ausgegeben und auch Sekt und Bier dürfen - ausnahmsweise muss man sagen - an diesem Abend von den Volljährigen konsumiert werden. Das Forum war am gestrigen Abend gut gefüllt.

Da Frau Sandner ebenfalls zu den unterrichtenden Kollegen der 10er-Jahrgänge zählte, war sie natürlich auch dabei. Ich muss allerdings sagen, dass ich nicht viel mitbekommen habe, da ich mich nach einem schnellen Sekt im Anschluss an die Zeugnisverleihung in mein Büro zurückgezogen habe. Zum Ende des Schuljahres müssen immer noch sehr viele Dinge geregelt und aufgearbeitet werden, müssen Sie wissen. Als ich das Schulgebäude gegen 23 Uhr verlassen habe, war die Feier gefühlt schon eine halbe bis Dreiviertelstunde vorbei."

„War zu diesem Zeitpunkt noch jemand im Haus?"

„Nein. Zumindest nicht im Forum. Das war menschenleer und im gesamten übrigen Haus brannte bereits die Notbeleuchtung, mit Ausnahme des Hausmeisterbüros, der kurz nach 23 Uhr eh noch einen Rundgang durchs Gebäude machen wollte."

Altmaier nickte. „Herr Derendorf, was können Sie uns über den gestrigen Abend berichten? Haben Sie irgendwelche Auffälligkeiten vernommen, insbesondere natürlich mit Blick auf Frau Sandner?"

Derendorf zögerte nicht einen Moment. „Ja, es gab tatsächlich eine mehr als auffällige Situation, bei der ich auch eingeschritten bin. Während meiner Schicht am Sektstand, in der ich gemeinsam mit dem Kollegen Emde und den Neuntklässlern Sekt ausgeschenkt habe, gab es einen Zwischenfall mit einem Schülervater und Frau Sandner. Frau Sandner unterhielt sich gerade recht angeregt mit einigen jüngeren Kollegen, als Herr Grubert, Vater von Paula Grubert aus dem Jahrgang 10, sie blöd von der Seite anmachte: „Ach, wen haben wir denn da? Frau Sandner, die schlechteste und unfähigste Lehrkraft NRWs." Ich bin daraufhin sofort eingeschritten und habe Grubert mit deutlichen Worten die Leviten gelesen. Frau Sandner war im ersten Moment schockiert. Dann bedankte sie sich kurz bei mir, entschuldigte sich und verschwand in Richtung Naturwissenschaftstrakt, wo kein Publikumsverkehr war. Das muss gegen Mitte meiner Schicht gewesen sein.

„Sind Sie ihr nachgegangen, um Sie nach dieser Situation aufzumuntern?"

„Nein, das konnte ich nicht. Ich hatte ja Schicht bis 22 Uhr. Aber kurz darauf ist ihr Frau Wagner, die den Aufruhr ebenfalls mitbekommen hatte, nachgegangen. Das habe ich nach dem Stress der letzten Tage - Herr

Weinert hat Ihnen vielleicht schon davon berichtet - als starkes kollegiales Zeichen gedeutet. Im Zweifel ist man dann eben doch kollegial, wenn es darauf ankommt. Denn die Grubert-Nummer ging gar nicht.

„Ist Frau Sandner dann noch einmal aufgetaucht beziehungsweise haben Sie das Gespräch später dann noch einmal mit ihr gesucht ... als Zeichen der Solidarität?"

Derendorf schüttelte den Kopf. „Nein. Ehrlich gesagt, war der Grubert-Vorfall für mich dann auch gegessen. Die Grubert-Nummer war zwar komplett daneben, aber als Lehrerin oder Lehrer gehört sowas in diesen Zeiten leider auch zunehmend zum Job dazu. Und Frau Sandner ist ... äh ... war eigentlich immer auch eine sehr taffe Kollegin, die solche Vorfälle gut wegstecken konnte. Ob Frau Sandner später noch einmal im Forum aufgetaucht ist, kann ich Ihnen leider nicht sagen. Da meine Schicht um 22 Uhr endete und ich mich aus privaten Gründen dann direkt nach Hause aufmachen musste, habe ich ansonsten leider nichts mitbekommen.

Altmaier hatte aufmerksam zugehört und nickte. Er sah zu Hartmann hinüber, der gerade noch notierte: „Heimfahrt: Schulleiter Weinert: 23 Uhr – Feier seit 30 min vorbei; Stellvertreter Derendorf: 22 Uhr". Die beiden Kommissare bedankten und verabschiedeten sich fürs Erste aus dem Schulleiterbüro. Sie wollten noch einmal einen genaueren Blick auf den Fundort und die Leiche werfen.

Kapitel 4

[=> Altmaier]

Nach einem kurzen Abstecher ins Sekretariat, wo sich Altmaier und Hartmann eine Kollegiumsliste sowie die Kontaktdaten der von Weinert genannten Problem-Schülerinnen beziehungsweise Eltern besorgten, machten sie sich abermals auf den Weg zum Chemieraum der Schule, dem Fundort des Leichnams von Isabelle Sandner.

Das Forum war menschenleer. Das Aufräumkommando bestehend aus 9er-Schülern und Lehrern, die sich freiwillig gemeldet hatten, war nach dem Fund der Leiche durch den Hausmeister am Morgen abbestellt worden. So waren die Spuren der vergangenen Abschlussfeier mit leeren Flaschen, Thekentischen und vollen Mülleimern auch jetzt, am Morgen danach noch gut sichtbar. Es lag ein Geruch von abgestandenem Bier in der Luft. Die Schuhsohlen klebten bei jedem Schritt am Boden. Der großzügig geschnittene

Forumsbereich war hell und lichtdurchflutet. Die Architekten hatten bei der Planung offensichtlich ganze Arbeit geleistet. Allein durch den massiven Lichteinfall entstand das Gefühl einer offenen und freundlichen Atmosphäre.

Altmaier zupfte an seinem Poloshirt. Die Schwüle des gestrigen Tages war noch immer im stickigen Forum zu spüren und der heutige Samstag verhieß ähnliche Temperaturen wie der Freitag. Michael Hartmann lief wortlos neben seinem Kollegen her. Er wirkte mit seiner Hornbrille, seiner grauen, etwas ausgefransten Sweatjacke und seinen abgelaufenen Sneakern wie ein Computernerd Mitte bis Ende 30.

Ganz im Gegenteil zu Altmaier, der mit seiner feinen, grauen Stoffhose, seinen braunen Lederslippern und seinem dunkelblauen Lacoste-Poloshirt aussah wie ein italienischer Lebemann, der frisch von der Riviera eingetroffen war. Seine halblangen, grauen Haare und sein Dreitagebart taten ihr übriges. Der durchtrainierte 55-Jährige musste sich vor seinem deutlich jüngeren, schlaksigen Kollegen

Hartmann in Sachen Sex-Appeal nicht verstecken. Sie waren auf den ersten Blick ein ungleiches Duo, doch sie verstanden sich gut. Der wortkarge Eifler Hartmann überließ dem straighten Westfalen Altmaier die erste Reihe, während er die Angelegenheiten im Hintergrund regelte. Er hatte sich angefreundet mit dieser Rolle. Sie lag ihm.

Die Tür des Chemieraums stand offen. Die drei Männer von der Spurensicherung waren noch immer bei der Arbeit. Mehrere Gegenstände waren mit Nummern markiert. In der Mitte des Lehrerpults lagen ein Tafelschwamm und zwei Kreidestücke. Am Rand des Pultes stand ein leeres Sektglas. Auf dem Boden lagen dünne Glasscherben und ein Glasstiel, die beide vormals wohl ebenfalls zu einem Sektglas gehörten.

Etwa zwei Meter entfernt davon lag die Leiche. Isabelle Sandner lag auf dem Rücken. Im Gegensatz zu Altmaiers erster Begutachtung des Fundortes war sie nun mit einem dünnen, schwarzen Vlies bedeckt. Der Kommissar näherte sich dem leblosen Körper und hob das Vlies an. Vor ihm lag die Leiche einer etwa 1,70 Meter großen, sportlichen und schlanken Frau, die von einem hellblauen Sommerkleid gesäumt war. Altmaier blickte in ein schmales Gesicht, das in seiner Proportionierung von Augen, Mund und Nasenpartie fast perfekt wirkte. Obwohl das Leben aus diesem Gesicht entwichen war, strahlte es eine anmutig-liebreizende Grazie aus. Das Make-Up war an einigen Stellen verschmiert. Die langen, hellbraunen Haare waren zerzaust. Und doch war Altmaier klar, dass Isabelle Sander zu Lebzeiten eine äußerst attraktive Frau mit einer betörenden Ausstrahlung gewesen sein musste.

„Kann man gesicherte Aussagen zum Todeszeitpunkt machen?" Altmaier blickte fragend in Richtung Spurensicherung.

Einer der drei Männer von der Spurensicherung fühlte sich angesprochen und antwortete: „Laut Notarzt Mitternacht plus/minus zwei Stunden. Mehr konnte er nicht sagen."

Altmaier nickte. „Irgendwelche Spuren von äußerer Gewalteinwirkung?"

„Eine kleine Platzwunde am Hinterkopf. Möglicherweise aber auch durch den Sturz auf den Boden verursacht. Sonst keine Auffälligkeiten. Ach ja, doch: Sie trägt kein Höschen."

Hartmann musste schmunzeln und wurde dafür von Altmaier mit einem ernststrafenden Blick bedacht. Dass die Typen von der Spurensicherung durch ihren Alltag abstumpften, war für Altmaier kaum überraschend. An seinen Kollegen hatte er aber höhere ethische Ansprüche. Das war einfach geschmacklos.

Altmaier ignorierte den Höschen-Spruch. „Persönliche Gegenstände? Handtasche, Portemonnaie, Handy?"

„Wir haben auf dem Pult eine kleine blaue Lederhandtasche gefunden. Inhalt: etwas Bargeld, Kaugummis, Deo etc. Was man als Frau wahrscheinlich so braucht. Von Handy oder Smartphone keine Spur. Neben dem

Lehrerparkplatz steht wohl noch ihr Trekking-Bike. Ansonsten nichts.

Altmaier nickte. „Wie geht's jetzt weiter?"

„Gerichtsmedizin. Die haben aber wohl noch einiges vor der Brust. Wird wohl noch bis mindestens Montag dauern."

„Die sollen schnell machen. Alle anderen Sachen zurückstellen. Dieser Fall ist jetzt wichtiger."

„Gut. Gebe ich so weiter, Herr Kommissar."

Altmaier verließ den Raum. Hartmann folgte auf Schritt. Durch die Scheibe der verschlossenen Notausgangstür am Ende des Ganges sah Altmaier einen Mann mit einem Besen, der den Boden kehrte. Hartmann schloss zu Altmaier auf.

„Stefan, meinst du, die Frau ist nicht natürlich zu Tode gekommen?"

„Michael, wie lange bist du jetzt im Polizeidienst?! Eine Tote und zwei Gläser Sekt?! Isabelle Sander ist nicht auf natürlichem Wege gestorben. Sie wurde umgebracht."

Altmaier streckte seinen Zeigefinger in Richtung Notausgangstür. „Da ist vielleicht schon derjenige, der uns die entscheidenden Infos liefern kann."

Kapitel 5

[=> Isabelle Sandner]

„Isabelle!" Isabelle Sandner blickte in ein Lächeln, das so aufgesetzt war, dass selbst einem empathielosen Fünftklässler diese gespielte Freundlichkeit aufgefallen wäre.

„Beate. Was machst du denn hier?! Eine Geisteswissenschaftlerin im Naturwissenschaftlichen Trakt – das ist ja mal eine Besonderheit."

Beate Wagner ignorierte Isabelles kleine Provokation. Es gab keine Fachkonferenz Englisch in der Beate Wagner nicht auf ihren „fundierten geisteswissenschaftlichen Hintergrund" verwies. Sie hatte schließlich vor 15 Jahren mal zwei Semester an der Uni Düsseldorf als Aushilfsdozentin gearbeitet.

„Isabelle, ich wollte zu dir und dir Zuspruch geben. Das Verhalten von diesem Grubert vor dem Sektstand vorhin, das war wirklich ein unmögliches Benehmen. Du hast genau die richtige Reaktion gezeigt."

Isabelle traute ihren Ohren kaum, spielte das Spielchen aber mit. „Das ist aber nett von dir, Beate! Und deshalb bist du extra hierher gekommen? Das wäre aber nicht nötig gewesen."

Wagner machte ein paar Schritte zur Seite und lehnte sich an die Fensterbank. Sie trug ein senfgelbes Sommerkleid mit Blumenapplikationen, das für Isabelle nach Mode der 80er-Jahre aussah. Die hohen Sommertemperaturen hatten auch ihr zugesetzt. Unter ihren Armen zeichneten sich deutliche Schweißränder ab, ihr grauer Pagenhaarschnitt zeigte einige lose Strähnen und der Schweiß stand ihr auf Stirn und Schläfen. Die Sonnenstrahlen der allmählich untergehenden Sonne, die durch das Buschwerk durchstachen, hüllten die kleine Frau in einen diffusen Lichtkranz, der wie ein Heiligenschein aussah.

„Isabelle, ich wollte mit dir auch noch einmal über die Beförderungsstelle sprechen." Daher wehte also der Wind. Isabelle verzog keine Miene. „Du bist ja noch sehr jung und dir stehen alle Türen offen. Bislang bist du doch beim Thema ‚Begabtenförderung' auch in keiner Weise in Erscheinung getreten. Das musst du doch sehen."

„Beate, dir ist aber schon bewusst, dass mir die A14-Stelle vor zwei Tagen zugesprochen wurde?!"

„Zugesprochen, ja. Aber nicht rechtmäßig, Isabelle. Das weißt du auch." Beate Wagners Miene verfinsterte sich.

„Nicht rechtmäßig, Beate?! Wir haben beide ein Revisionsverfahren durchlaufen. Wir haben beide zwei Unterrichtsstunden vor dem Chef gezeigt und mussten in einem fachlichen Gespräch mit Weinert Rede und Antwort zu unseren Vorstellungen zur ‚Begabtenförderung' stehen. Wir haben beide ein Gutachten erhalten. Meins war offensichtlich besser als deins, sonst hätte ich wohl kaum die Stelle bekommen. Wo soll es da bitte nicht ‚rechtmäßig' zugegangen sein, Beate?" Isabelles Stimme merkte man ihre Erregung nun deutlich an.

Wagner war ein echter Zahn. Der Ruf ihrer Biestigkeit eilte ihr voraus. Die jüngeren Kollegen machten größtenteils einen Bogen um sie, aber bei den Älteren stand sie hoch im Kurs. Sie bewunderten Wagner für ihre Durchsetzungsfähigkeit, ihren Willen und Einsatz und ihre direkte Ansprache, die an einen Offizierston erinnerte. Nicht zuletzt deshalb war sie Vorsitzende des Lehrerrates. Ein ums andere Mal hatte sie die Schulleitung als Lehrerratsvorsitzende in Konferenzen vor versammelter Mannschaft auflaufen lassen. Wagner ging über Leichen. Das wusste auch Isabelle.

Auch Beate Wagners Ton wurde nun deutlich energischer und lauter. „Jetzt, hör mal gut zu. Ich habe mich seit Ewigkeiten in diesem Bereich engagiert: Infoveranstaltungen abgehalten, Elternabende organisiert, Förderanträge geschrieben, seit Jahren stehe ich am Tag der Offenen Tür Rede und Antwort beim Thema ‚Begabtenförderung'. Ich sage es dir ganz ehrlich: Um diesen Job zu machen, muss man auch selbst exzellent sein. Und ohne dir zu nahe treten zu wollen, Isabelle, aber dieses Prädikat kann ich dir leider nicht zuschreiben. Diese Beförderungsstelle war für mich ausgeschrieben. Sie gehört mir. Das sieht auch der komplette Lehrerrat so!"

Isabelle musste sich zusammenreißen. Diese Frau war einfach nur anmaßend und unverschämt. „Der Lehrerrat, liebe Beate, hat aber weder an unseren Revisionsstunden noch an unserem fachlichen Gespräch mit der Schulleitung teilgenommen. Es war eine offene Ausschreibung. Jeder konnte sich darauf bewerben. Wir haben uns beide beworben – ich habe gewonnen. Fertig." Isabelle war jetzt voll in Fahrt. „Ich kann nichts dafür, dass dein Unterricht altbacken und aus der Zeit gefallen ist. Vielleicht solltest du mal ein Buch zum kooperativen Lernen oder zum Einsatz moderner Medien im Unterricht lesen. Du meinst wohl, dass du nur mit einem Stück Kreide bewaffnet, Sternstunden der Pädagogik kreierst. So viel zum Prädikat ‚exzellent', Beate." Gerade ausgesprochen, hätte Isabelle die letzten beiden Sätze am liebsten gleich wieder verschluckt.

Denn Wagner war jetzt auf 180. Sie schnaubte und keifte in Richtung Isabelle: „Isabelle, ich warne dich. Die Schulleitung lässt sich vielleicht dadurch blenden, dass du bei jeder sich bietenden Gelegenheit arschwackelnd durch ihre Büros watschelst, aber ich habe dich schon lange durchschaut!" Isabelle musste lachen. Der Vorwurf war einfach absurd.

Das machte Wagner noch wütender. „Nochmal: Ich warne dich, Isabelle. Schlag die Stelle aus! Sonst stecke ich dem Bistum mal anonym, was für ein kleines, dreckiges Flittchen du bist und welche Dorfmatratze sie da auf A14 setzen wollen. Unflätiger Lebensstil. Verstoß gegen die Sittenlehre der Kirche. Dann war's das an unserer schönen, kirchlichen Privatschule, Isabelle!"

„Bestell schöne Grüße von mir, Beate!" Isabelle reichte es jetzt. „Verschwinde! Das muss ich mir echt nicht geben!"

Wagner stürmte mit hochrotem Kopf aus dem Raum, die Tür so zuknallend, dass die Scheiben in den Fenstern vor Erschütterung vibrierten. Isabelle hörte, dass Beate Wagner sie selbst vor der Tür noch mit ein paar „netten" Worten aus inbrünstiger Kehle bedachte. Aber den Wortlaut konnte Isabelle nicht verstehen.

Kapitel 6

[=> Altmaier]

Altmaier und Hartmann traten durch die Notausgangstür nach draußen auf eine Art Hof, der komplett von Grün umgeben war. Gegenüber von der Notausgangstür sahen sie einen Teich mit einem tröpfelnden Wasserzulauf. Dahinter befand sich ein kleiner, mit Buschwerk bepflanzter Hang. Die anderen drei Seiten waren durch die Gebäude der Gesamtschule eingefasst, die aber hinter Sträuchern und Büschen komplett versteckt waren. So entstand das Bild einer kleinen, grünen Oase. Vor dem Teich stand ein kleines, selbst gemaltes Holzschild mit der Aufschrift „Brunnenhof".

Der Hofbereich war schwer einsehbar, er hatte aber zwei schmale Zuwege zum Vorder- und Hintereingang des Gebäudes beziehungsweise zum Lehrerparkplatz. Die Sonne stand jetzt hoch oben am wolkenlosen Himmel und strahlte mit voller Kraft auf das grüne Fleckchen Einöd. Altmaier und Hartmann trieb das sofort die Schweißperlen ins Gesicht.

Im „Brunnenhof" war ein älterer Herr mit Sonnenhut damit beschäftigt, verstreuten Abfall mit einem Besen zusammenzukehren. Er trug einen blauen Arbeitskittel und schwarze Arbeitsschuhe. Trotz des Sonnenhutes war sein mickriger, grauer Haarkranz deutlich erkennbar. An der rechten Ohrmuschel konnte Altmaier ein Hörgerät ausmachen. Es musste sich um den Hausmeister der Schule handeln. Die Ankunft von Altmaier und Hartmann hatte er bislang nicht bemerkt, da er mit dem Rücken zur Noteingangstür stand.

„Guten Morgen!" Altmaier sprach deutlich lauter als gewöhnlich, um auf sich aufmerksam zu machen. Der Mann im blauen Kittel drehte sich um.

„Morgen! Ach, Sie sind das. Ich hatte mich schon gefragt, wann die Polizei zu mir kommen würde. Manfred Bernschmidt, ich bin seit 36 Jahren hier der Hausmeister. Ich feg' hier gerade den Mist von gestern weg. Altmaier und

Hartmann nickten dem älteren Herrn freundlich-wohlwollend zu.

„Herr Bernschmidt, Sie haben die Tote heute Morgen im Chemieraum gefunden?". Diese Info hatte Altmaier bereits bei seinem ersten Kurz-Aufschlag im Chemieraum bei Ankunft erhalten.

„Ja, das stimmt. Ich habe meine morgendliche Runde gedreht und festgestellt, dass die Fenster vom Chemieraum noch offen standen. Als ich rein bin, hab' ich das junge Ding dann auf dem Boden liegen sehen. Eine Schande ist das! So jung und nett, wie die Frau Sandner immer war. Ich habe dann gleich Puls und Atem gefühlt, aber da war nix. Dann habe ich sofort den Krankenwagen gerufen. Der kam mit Blaulicht - morgens um 8 Uhr - die ganze Nachbarschaft ist da aus dem Bett gefallen. Der Notarzt hat dann gleich abgewunken – nix zu machen. Hatte ich mir schon gedacht, so leblos wie sie da lag. Die Sanitäter wollten schon den Leichenwagen bestellen, aber der Notarzt meinte, erst müsse die Polizei informiert werden und sich das Ganze angucken."

„Hmm. Kannten Sie Frau Sandner gut?". Altmaier musste sich die Hände vor die Augen halten, weil die Sonne ihn nun extrem blendete. Von der Seite nahm er das Stöhnen seines Kollegen Hartmann wahr, dem das Licht und die Mittagshitze ebenfalls zu schaffen machten. Nur dem älteren Herrn in seinem blauen Kittel schien das alles nichts auszumachen.

„Gut? Nee. Die war halt immer freundlich und nett. Grüßte jeden Morgen und lächelte nett. Macht nicht jeder von den Kollegen. Die meinen zum Teil die wären was Besseres, wissen Se."

Altmaier ignorierte den Einwurf. „Ist Ihnen am gestrigen Abend irgendwas aufgefallen oder ungewöhnlich vorgekommen?"

„Aufgefallen? Nee. Wissen Se, nach 36 Jahren sind so Abschlussfeiern auch nix Besonderes mehr. Die sind irgendwo alle gleich: eine Rede, noch ne Rede und am Ende saufen sich alle die Hucke voll – jetzt nicht die Kollegen, aber vor allem die Eltern. Und manchmal auch heimlich die Schüler, obwohl die erst in der 10. Klasse sind. Stellen Se sich das mal vor. Nee, ich war fast die ganze Zeit in meiner Hausmeisterwohnung und hab gewartet bis ich endlich meinen letzten Rundgang machen kann, um abzuschließen.

„Wann ist das gewesen?"

„Lassen Se mich nicht lügen. So kurz nach 23 Uhr würd' ich sagen. Als ich gesehen habe, wie der kleine Chef abfuhr, hab' ich dann meine Runde gedreht. Da standen zwar noch Wagen aufm Parkplatz. Aber das waren alles die Trinker, die die Autos dann heute Morgen abgeholt haben."

„Und die Fenster sind Ihnen da noch nicht aufgefallen?"

„Nee. Es ist ja Sommer. Da bleiben abends häufiger mal Fenster offen. Ich muss die dann alle zu machen, wenn ich's sehe. Das ist ne nervige Sache, sag' ich Ihnen."

„Okay. Und von der Feier abends haben Sie rein gar nichts mitbekommen, Herr Bernschmidt?"

„Kaum was. Wenn 500 bis 600 Leute im Haus sind, kriegste natürlich schon nen bisschen was mit. Da latschen Leute vor deinem Fenster hin und her und Lärm ist natürlich auch irgendwo in der Bude. Einmal musste ich auch ausrücken: hier in den Brunnenhof. Da hatten so ein paar Halbstarke wohl heimlich an ein paar Bierpullen genuckelt und sie dann einfach auf den Boden geworfen. Es ist immer das Gleiche mit der Jugend. Gerade mal Mittlere Reife geschafft und dann meinen se, auf dicke Hose machen zu müssen. Und der Doofe ist dann natürlich immer der Hausmeister, der den Dreck dann wegmachen muss."

„Da ist Ihnen aber sonst auch nichts Besonderes oder Ungewöhnliches aufgefallen?" Hartmann war schon dabei Notizblock und Stift wieder einzupacken.

„Jetz, wo Sie es sagen! Doch da hab' ich was gehört!"

„Und was?" Hartmann verdrehte die Augen.

„Als ich die Flaschenscherben zusammengekehrt habe, da gab es ein riesiglautes Türknallen aus dem Gang da vorne. Dann schrie jemand so laut und wütend, dass ich kurz zusammengezuckt bin: ‚Das wirst du bereuen!'"

„Wann war das? Und das haben Sie durch die geschlossene Notausgangstür gehört?!"

„Das muss irgendwann kurz nach 21.30 Uhr gewesen sein. Und die Tür war auf. Ist sie immer bei solchen Feiern im Sommer. Da steht zwar Notausgang dran, aber da schert sich keiner drum. Die ist noch nicht mal alarmgesichert. Und das ist sogar die einzige Außentür, die man mit dem normalen L-Schlüssel aufkriegt, sonst brauchst du überall den General."

„Haben Sie an der Stimme erkannt, wer das gewesen ist?

„Nee, keine Ahnung. Da waren gestern 600 Mann hier, Herr Kommissar!"

„Hätte ja sein können. Männer-, Frauenstimme? Können Sie dazu was sagen?"

„Ich bin leicht schwerhörig, müssen Se wissen. Wenn ich mich festlegen muss: Frauenstimme. War laut und schrill."

Altmaier und Hartmann tauschten vielsagende Blicke aus. Bernschmidt blieb das nicht verborgen: „Sie meinen doch wohl nicht ... nee ... echt? Um Gottes Willen ... und das an unserer kirchlichen Schule!" Der Groschen war jetzt auch beim Hausmeister gefallen.

„Wir meinen gar nichts, Herr Bernschmidt. Ich muss Sie dringend bitten und auffordern, Stillschweigen zu bewahren. Streuen Sie keine Gerüchte ... Das ist sicherlich auch nicht im Sinne Ihres Arbeitgebers beziehungsweise Chefs."

„Nee, um Himmels Willen. Will ja keinen Ärger haben. Mach' ich nicht. Echt nicht! Ich kann schweigen wie ein Grab."

„Das hoffen wir. Für Sie und auch für Ihre Schule." Es war alles gesagt. Altmaier und Hartmann gaben Bernschmidt ihre Karte, für den Fall, dass ihm noch etwas einfiel. Jetzt wollten Sie aber erstmal schleunigst vor der Mittagssonne fliehen. Sie verließen den Brunnenhof durch die Noteingangstür, um sich erneut auf den Weg Richtung Schulleiterbüro zu machen.

Kapitel 7

[=> Altmaier]

Altmaier und Hartmann klopften an die geöffnete Tür des Schulleiterbüros. Peter Weinert saß an seinem Schreibtisch, blickte kurz auf und bat die beiden Kommissare dann mit einer Handbewegung herein. Sie wählten dieselben Plätze wie bei ihrer ersten Zusammenkunft. Die Sonne stand jetzt voll auf Weinerts Bürofenster. Die Schatten der Lamellen erstreckten sich auf den gesamten gegenüberliegenden Wandbereich.

Hinter Altmaier und Hartmann zwang sich Christian Derendorf, der stellvertretende Schulleiter, in den Raum. Er war eilig aus seinem Büro nebenan herüber gekommen, als er gehört hatte, dass die beiden Kommissare von ihrer nochmaligen Tatortbesichtigung zurück waren. Weinert schloss die Tür. Sofort wurde es stickig im Raum, da nur ein Fenster gekippt war.

Altmaier kam gleich zum Punkt. „Herr Weinert, ich möchte ganz offen sein: Im Zuge der

Ermittlungen - bei denen wir noch nicht wissen, in welche Richtung sie gehen werden - möchten wir Sie dringend darum bitten, den Unterrichtsbetrieb am Montag zunächst auszusetzen, bis wir Näheres sagen können."

„Das heißt es war Mord?!" Christian Derendorf war vor Erregung und Aufregung kaum zu halten.

„Wie gesagt, wir wissen noch nicht, in welche Richtung die Ermittlungen gehen werden. Wir müssen zunächst das Ergebnis der Obduktion abwarten. Um erst einmal etwas Zeit zu gewinnen und Ruhe reinzubringen, wäre es gut, wenn zumindest die Schüler am Montag noch nicht wieder hier erscheinen würden."

Peter Weinert rutschte nervös auf seinem Stuhl hin und her. Er hatte offenbar Probleme dem Wunsch der Kommissare zu entsprechen. „Ich habe eben ein Gespräch mit dem Schulträger geführt, denn meine Gedanken gingen zunächst in eine ähnliche Richtung. Der Schulträger sieht das sehr kritisch und befürchtet einen Imageschaden dadurch, dass die Kinder dann im Distanzlernen auf sich allein gestellt wären und das natürlich auch eine potenziell negative Außenwirkung haben könnte." Derendorf nickte verständnisvoll.

Altmaier und Hartmann trauten ihren Ohren kaum. Hartmann fand als erster wieder die Fassung „Einen Imageschaden für die Außenwirkung?! Der Dezernent hat aber schon realisiert, dass hier am heutigen Morgen eine blutjunge Lehrerin und Mitarbeiterin seiner Schule tot aufgefunden wurde?!"

Weinert war die Situation sichtlich unangenehm. „Nun ja, Sie müssen wissen, die katholische Kirche produziert durch ihr Auftreten momentan nicht die besten Schlagzeilen in den Medien und in der Öffentlichkeit. Da möchte man nicht noch zusätzlich die Eltern gegen sich aufbringen, die als Kirchensteuerzahlerinnen und -zahler ein Anrecht darauf haben, ihre Kinder hier gut betreut zu wissen."

Stefan Altmaier schüttelte den Kopf. Er war vor Jahren aus der katholischen Kirche ausgetreten. Auch jetzt hatte er nicht viel mehr als Verachtung für diesen Verein übrig, der Missbrauchsfälle in den eigenen Reihen unverhohlen deckte und sich damit komplett der rechtsstaatlichen Justiz entzog. Dass so eine Institution auch noch Unsummen von Steuergeldern kassierte – ein Unding!

Er fing sich wieder. „Nun, wissen Sie, Herr Weinert, es mag sein, dass die katholische Kirche durch die zahlreichen Missbrauchsfälle, die sie gerade zu vertuschen versucht und die nun aber glücklicherweise nach und nach ans Tageslicht gelangen, einen weiteren Imageschaden in diesem lokalen Umfeld durch eine eintägige Schulschließung befürchtet. Dennoch liegt da vorne, keine 50 Meter Luftlinie von uns hier entfernt, eine tote Kollegin von Ihnen, deren Todesursache momentan noch unklar ist und die geklärt werden muss."

Christian Derendorf ergriff das Wort: „Ja, Sie haben vollkommen recht, Herr Kommissar." Zu Weinert: „Peter, das musst du dem Vertongern einfach stecken. Das wird der schon einsehen. Wir können jetzt auch nicht einfach ab Montag wieder zur Tagesordnung übergehen. Frau Sandner ist tot. Sie kommt nie mehr zurück. Das müssen wir doch auch erstmal verarbeiten."

Er schluckte. „Meine Herren, Sie ..." Derendorf stockte, seine Stimme wurde brüchig. „Sie mögen recht damit haben, dass da momentan einiges im Argen liegt, aber ... aber die katholische Kirche tut auch sehr viel Gutes!" Altmaier und Hartmann schauten Derendorf an und schwiegen. Dem Stellvertreter schossen Tränen in die Augen. „Entschuldigung...". Überstürzt verließ er den Raum. Die beiden Kommissare schauten fragend zum Schulleiter ob des emotionalen Ausbruchs seines Stellvertreters.

Weinert: „Man merkt es ihm nicht an, aber er hat es momentan nicht einfach. Seine Frau ist vor einem Dreivierteljahr von heute auf morgen erkrankt: Narkolepsie. Die war ein hochangesehenes Tier bei einer Düsseldorfer Unternehmensberatung. Und dann über Nacht:

raus ausm Job. Das Bistum ist ihm da in Sachen Bezügen sehr entgegen gekommen. Jetzt der Tod von Frau Sandner, mit der er sich gut verstanden hat. Da kann ich seine Reaktion wirklich nachempfinden."

Altmaier nickte verständnisvoll. „Ich wäre Ihnen dennoch verbunden, wenn Sie mit dem Bistum noch einmal Rücksprache hielten. Es würde unsere Arbeit erheblich erleichtern, wenn hier am Montag nicht Vollbetrieb wäre."

„Ich werde noch einmal mit dem Dezernenten sprechen und die Dringlichkeit unterstreichen. Was ist mit den Kolleginnen und Kollegen? Sollen die auch zu Hause bleiben?"

Altmaier überlegte kurz. „Nein, lassen Sie die ruhig kommen. Es könnte sein, dass wir den ein oder anderen, der gestern vor Ort war, noch einmal befragen möchten. Es wäre nett, wenn Sie uns dafür einen Raum zur Verfügung stellen würden."

Weinert nickte. „Das ist kein Problem. Ich werde schauen, dass Sie ruhig und völlig ungestört arbeiten können. Für die Kolleginnen und Kollegen setzen wir dann einen kurzfristigen pädagogischen Arbeitstag an, sofern an arbeiten unter diesen Umständen überhaupt zu denken ist ... Kann ich sonst noch etwas für Sie tun?"

„Ja, in der Tat. Eine Frage hätte ich noch: Was passiert jetzt mit der Beförderungsstelle, die Frau Sandner zugesprochen worden ist?" Weinert zögerte einen Moment. Altmaier kam es so vor, als wolle er nicht recht mit der Sprache herausrücken. „Herr Weinert?"

„Ja. Also, Herr Vertongern, der zuständige Dezernent, hat sich noch nicht eindeutig dazu geäußert. Aber es sieht wohl so aus, als ob die Stelle nun an Frau Wagner geht."

„Ob die sich über diese Nachricht aber freuen kann ..." Altmaier beobachte Weinert genau aus den Augenwinkeln. Weinert bemerkte das, ließ sich von dem Blick aber nicht behelligen.

„Das kann ich nicht einschätzen. Ich werde sie am Montag informieren. Sie ist heute und morgen wohl auf Verwandtschaftsbesuch im Münsterland."

Altmaier und Hartmann bedankten sich bei Weinert und traten aus dem Schulleiterbüro. Dann gingen sie zurück Richtung Forum und verließen das Schulgebäude durch den Haupteingang.

„Wie machen wir weiter, Stefan?" Hartmann deutete in Richtung seines Dienstwagens. „Erst wieder ins Präsidium und hier dann am Montag weiter?"

„Nein, Michael. Wir müssen sehen, dass wir vorankommen. Ich würde vorschlagen, dass wir uns trennen: Du kannst schon mal checken, wie denn Familie Grubert den gestrigen Tag nach der Nummer am Sektstand hat ausklingen lassen. Danach kannst du die Schülerin überprüfen, die von Isabelle Sandner nicht die Zulassung zum Abi erhalten hat. Und dann könntest du zu Sandners bester „Kollegen-Freundin" Beate Wagner fahren und ihr mal ein bisschen auf den Zahn fühlen.

„Und was machst du, Stefan?"

„Ich düse jetzt wieder Richtung Ostwestfalen. Meine Studi-Kumpels warten. Skat kloppen und in alten Zeiten schwelgen. Wir sehen uns hier Montagmorgen zur ersten Stunde."

Altmaier ließ den verdatterten Hartmann stehen und gab ihm einen freundschaftlichen Klaps auf die Schulter. Dann setzte er sich süffisant-lächelnd in sein Mercedes C-Klasse Coupé und fuhr davon.

Kapitel 8.1

[=> Hartmann]

Hartmann sah wie Altmaiers Mercedes Coupé, um die Ecke bog und aus seinem Blickwinkel verschwand. Er schäumte vor Wut. Was fiel dem Kerl eigentlich ein? Was glaubte der eigentlich? Was war Hartmann denn seiner Ansicht nach? Sein Praktikant? Sein Erfüllungsgehilfe? Es konnte doch nicht angehen, dass Altmaier nun tatsächlich seinen ursprünglichen Wochenendplänen nachging und er jetzt allein den Karren aus dem Dreck ziehen sollte. Gut, Altmaier war Hauptkommissar und hatte dementsprechend einen höheren Dienstgrad. Aber so ging man kollegial doch nicht miteinander um! So ein egoistisch-selbstgefälliges Verhalten ... für wen hielt der sich eigentlich?

Aber es half alles nichts. Hartmann war offiziell im Dienst. Und wenn Altmaier seinen Dienstverpflichtungen nicht nachkam, musste der auch die Konsequenzen für sein Fehlverhalten tragen.

Hartmann pustete durch. Er musste sich wieder beruhigen. Je schneller, je konzentrierter er an die Sache ging, desto eher konnte auch er in sein wohlverdientes Wochenende starten. „Wagner, Schmidt, Grubert" hatte er in krakeligen Buchstaben in sein Notizbuch geschrieben. Er entschied sich, der Reihe nach vorzugehen. Zuerst wollte er Beate Wagner aufsuchen. Beim Blick auf die erste Adresse, schmunzelte er: „Gleich um die Ecke. Wunderbar! Ein Wink des Schicksals: Das wohlverdiente Wochenende soll nicht zu lange warten!"

*

Hartmann stand vor einer großen, schweren Haustür aus Eichenholz. Das erste Klingeln war im Flur verhallt. Auch nach dem zweiten Klingeln tat sich nichts. Hartmann blickte sich um. Ein dunkelblauer Golf stand in der Einfahrt, aber möglicherweise hatten die

Wagners ja einen weiteren Wagen, mit dem sie unterwegs waren.

„Kann ich Ihnen helfen?" Ein älterer Herr, mit grauen Haaren, circa Mitte bis Ende 70, in kompletter Grün-Montur rief von der gegenüberliegenden Straßenseite herüber. Er führte seinen braun-weißen Münsterländer gerade Gassi.

„Vielleicht. Ich suche Frau Wagner. Kennen Sie die?"

„Ja, ich bin der Nachbar. Die Wagners sind heute ganz in der Früh nach Münster aufgebrochen. Ihr dementer Vater lebt da in einem Altenheim. Die hat ne Energie, sag ich Ihnen. Gestern gegen Mitternacht als ich mit Ella meine Abend-Gassi-Runde gedreht habe, ist sie noch wie ein aufgescheuchtes Huhn im Wohnzimmer herumgelaufen. Heute Morgen um halb 6 saßen sie schon wieder im Auto. Aber nur das Sie es wissen: Die kommen erst morgen Abend zurück."

„Ach so. Dann weiß ich Bescheid. Danke." Hartmann überlegte einen Moment, ob er mit Blick auf die Wohnzimmer-Aussage noch einmal nachfragen sollte. Aber er entschied sich dagegen. Der Mann in Grün war schließlich nicht im Verhör.

„Nichts für ungut. Schönen Tach noch!" Der Nachbar im Jäger-Outfit setzte sich wieder in Bewegung.

„Ihnen auch." Hartmann verließ den Eingangsbereich. Er grinste. „Das ging ja fix. Wenn's so weiter geht, wird's doch noch ein kurzer Arbeitstag." Er wählte noch rasch die Nummer des Polizeipräsidiums. Die sollten Wagners Vorstrafenregister schon mal abchecken und ihm dann eine Nachricht schicken. Das würde zusätzlich Zeit sparen.

*

Hartmanns Hoffnungen auf einen frühen Feierabend waren dahin, als er mit den Eltern von Kathrin Schmidt, der Englisch-Leistungskurs-Schülerin, die wegen Isabelle Sandner ihre Abi-Zulassung nicht erhalten hatte, sprach. Die informierten ihn nämlich darüber, dass Kathrin bei ihrer Freundin Lena im Nachbarort übernachtet hatte. Der zusätzliche Fahrtweg kostete Hartmann eine knappe halbe Stunde extra. Dann erst hatte er sein Ziel erreicht.

Nach dem Klingeln öffnete Lenas Mutter ihm die Tür. „Ja, Kathrin ist noch hier. Ich schaue mal nach, ob die beiden inzwischen wach sind." Mit Erstaunen schaute Hartmann auf seine Armbanduhr. Es war schon weit nach Mittag. Lenas Mutter sah seinen verblüfften Blick und lachte. „Ja, die Jugend von heute. Die beiden haben die ganze Nacht irgendeine Netflix-Serie geguckt."

Lenas Mutter verschwand nach oben. Hartmann wartete im Flur. Nach ein paar Minuten kamen sowohl Kathrin als auch ihre Freundin Lena die Treppe herunter. Sie trugen beide einfarbige rosa Jogginganzüge und sahen so aus, als wären sie tatsächlich erst vor ein paar Minuten aufgestanden. Kathrin war schlank und hatte braune, lange Haare, die sie behelfsmäßig zu einem Zopf zusammengebunden hatte. Die tiefen

Augenringe verrieten, dass die Nacht tatsächlich sehr kurz gewesen sein musste. Sie schaute Hartmann fragend an.

„Sie wollen zu mir? Echt jetzt? Warum?"

„Mein Name ist Michael Hartmann. Ich bin von der Polizei."

Kathrin machte große Augen. Ihre Freundin Lena, die zwei Meter hinter ihr stehen geblieben war, tat es ihr gleich.

„Frau Schmidt, ich bin aus einem bestimmten Grund hier: Ihre Lehrerin Isabelle Sandner wurde heute Morgen tot in der Schule aufgefunden."

„Waaaassss? Wie krass ist das denn? Die Sandner? Tot?" Kathrin drehte sich um zu ihrer Freundin Lena, die Augen weit aufgerissen. Die Hände hielt sie sich, vor Schreck, wie Hartmann vermutete, vor's Gesicht.

Lena schaute Kathrin mit großen Augen an. „Sandner? Ist das nicht die Tante, der euer Schulleiter immer auf den Arsch geglotzt hat?"

„Ja, genau. Die dumme Kuh, die mich nicht zugelassen hat." Dann drehte sich Kathrin wieder zu Hartmann.

„Woran ist die denn gestorben?"

„Das können wir momentan noch nicht sagen. Was haben Sie denn am gestrigen Abend und in der frühen Nacht gemacht, Frau Schmidt?"

„Wir waren seit gestern Abend ab 8 Uhr abends bei Lena im Zimmer und haben ne Netflix-Session gemacht – bis heute Morgen um halb 5. Wieso?"

„Ich frage nur." Hartmann lächelte.

Kathrin Schmidt hatte verstanden. Sie bedachte Hartmann mit einem bösen Blick. „Meinen Sie, ich hätte die Tante tot gemacht, oder was?"

„Nein, Frau Schmidt, das hat niemand gesagt. Wir wurden nur darauf hingewiesen, dass Sie vor kurzem noch schulische Probleme mit Frau Sandner hatten. Und wir müssen jedem Hinweis nachgehen. Aber Sie scheinen ja ein glasklares Alibi zu haben. Nichts für ungut.

Schönen ..." Hartmann war gerade im Begriff zu gehen, die Türklinke hatte er schon in der Hand. „Lena, was haben Sie eben zu Ihrer Freundin gesagt?" Lena schaute ihn fragend an. Sie wusste nicht, was er meinte. „Sie sagten eben, ‚die Tante, der der Schulleiter immer auf den Arsch geglotzt hat'."

Lena schwieg. Hartmanns Frage hatte ihr offenbar die Sprache verschlagen. Kathrin sprang ihr bei.

„Ja und? Wo ist das Problem? Das habe ich ihr erzählt. Lena ist nicht auf unserer Schule."

„Und das ist ein Gerücht unter Schülern oder wie darf ich das verstehen?"

„Nee. Ich hab's selbst mehrmals gesehen. Wenn die auf dem Flur aneinander vorbei liefen, hat der Weinert der Sandner immer hinterher geglotzt - schön auf'n Arsch natürlich. Wenn der mal in den Kursraum kam, weil der irgendwas wollte, ging der erste Blick immer auf die Brüste. Dann hat der die von oben bis unten begafft. Voll eklig war das. Der hat die mit Blicken ausgezogen. Timmi meinte das letzte Mal ‚Pass auf, gleich springt der drauf und legt los.' Wir haben uns drüber lustig gemacht, aber eigentlich fand ich's echt widerlich."

Hartmann dachte nach. Wie sollte er diese Aussagen einer Netflix-süchtigen Halbstarken einordnen? Immerhin hatten sowohl Sandner als auch Weinert ihren Anteil daran, dass ihre Schulkarriere für mindestens ein Jahr in die Verlängerung ging.

*

Familie Grubert, die „Pöbler der Abschlussfeier" wohnten im südlichen Teil der Großstadt. Das hieß für Hartmann entweder Stop-and-Go durch die viel befahrene Innenstadt oder einen kleinen Umweg über die Autobahn. Er entschied sich für die stressfreiere zweite Option, obwohl die Fahrtzeit laut Google Maps ein paar Minuten länger sein sollte.

Während der Fahrt dachte er noch einmal über seinen Kollegen Altmaier nach. Hartmanns Wut hatte sich zwar ein wenig gelegt, sein

Unverständnis über Altmaiers Abgang war aber geblieben.

Altmaier war ein schwieriger Fall. Seit dem Auszug seiner Frau drehte er am Rad. Nach einem gelösten Fall hatte ihm Altmaier bei einem Glas Bier vor langer Zeit mal sein Herz ausgeschüttet. Die Trennung von Altmaiers Frau vor drei Jahren war für ihn vollkommen überraschend gekommen. Er hatte überhaupt nicht damit gerechnet. Und dann hatte sie auch noch direkt einen Neuen, einen erfolgreichen Unternehmer aus Düsseldorf. Das wurmte Altmaier. Das kratzte immer noch an seinem Ego, obwohl er das Hartmann gegenüber nie zugegeben hätte. Hartmann spekulierte, dass in dieser Zeit auch Altmaiers Sauferei angefangen haben musste. Mittlerweile zog er sich fast jeden Abend eine ganze Flasche italienischen Rotwein - in „Ausnahmefällen" auch mal zwei - rein. Aber Altmaier hielt das für „vollkommen normal".

Hartmann parkte seinen Wagen direkt vor dem gelben Mehrfamilienhaus, in dem die Gruberts wohnten. Das Treppenhaus machte einen wenig gepflegten Eindruck. Neben der Haustür lagen Berge von alten Werbeprospekten. Der Dreck und die Staubflocken, die Hartmann auf den Treppenstufen beim Aufstieg in die dritte Etage ausmachte, verrieten, dass hier wohl schon wochenlang niemand mehr geputzt hatte.

Die Wohneingangstür zur Grubertschen Wohnung wies einige Macken und Kratzer auf. Der Klingelknopf an der rechten Seite machte einen siffigen Eindruck. Hartmann nahm ein Tempo aus der Tasche, bevor er die Klingel betätigte.

Nach ein paar Sekunden wurde geöffnet. Eine Frau, circa Anfang 40, bekleidet mit einer dreckigen, grauen Jogginghose und einem schwarzen Spaghetti-Trägertop stand vor Hartmann. Dem Kommissar stachen ihre strohigen, wasserstoffblonden Haare sowie die gelben Raucherzähne ins Auge. Ihre braune, faltige Haut im Gesicht- und Schulterbereich verriet, dass sie offenbar häufiger die

Sonnenbank aufsuchte. Es musste sich um Frau Grubert, die Mutter von Paula, handeln.

„Was?" Sie sah Hartmann mit hochgezogenen Augenbrauen an. Manchmal fragte sich Hartmann, ob eine Begrüßung in sozial schwächeren Schichten überhaupt noch Teil der Umgangsformen war. „Assi-Bratze!" war der erste Gedanke, der Hartmann in den Sinn kam.

„Frau Grubert? Mein Name ist Michael Hartmann. Ich bin von der Polizei und würde gerne mit ihrem Mann sprechen."

„Uwe! Polizei!" Ohne eine weitere Reaktion drehte sie sich um und ließ Hartmann einfach stehen. Im Gehen legte sie noch nach „Mach hinne, Uwe! Beweg' deinen Arsch. Der steht da." Dann drehte sie sich noch einmal zu Hartmann um. „Kannst reinkommen. Aber mach' die Tür zu. Die Nachbarn spannen sonst wieder."

Hartmann kam der Aufforderung nach und trat in den Flureingangsbereich. Das Wort

„wieder" deutete er so, dass hier wohl häufiger die Polizei vorbeischaute.

Grubert kam aus dem angrenzenden Raum, den Hartmann als das Wohnzimmer identifizierte. Bei Gruberts war heute offenbar Jogginghosentag. Auch Uwe Grubert trug eine graue, schmuddelige Jogginghose. Dazu trug er ein weißes Feinripp-Unterhemd, dass seinen üppigen Bauch gekonnt in Szene setzte. Seine kurzgeschorenen, schwarzen Haare erinnerten Hartmann an einen Knacki. Gruberts Hakennase sah aus, als hätte sie schon den ein oder anderen Schlag abbekommen.

„Was ist? Was willste? Ich habe nichts gemacht." Ob Paula Grubert wohl auch so „freundlich" war wie ihre Eltern? Hartmann sparte sich einen nochmaligen Gruß.

„Herr Grubert, Sie waren gestern mit Ihrer Frau und Ihrer Tochter Paula bei der 10er-Abschiedsfeier der Bischöflichen Franziskus-Gesamtschule."

„Ja, waren wir. Und? Ist das verboten?"

Hartmann ignorierte die Frage. „Und Sie hatten während der Abschlussfeier einen Konflikt mit der Chemielehrerin Ihrer Tochter, Frau Sandner?"

„Nen Konflikt? Nee. Ich hab der Tante gesagt, was ich von ihr halte. Wieso? Hat sie mich deshalb angezeigt, oder was?" Er lachte höhnisch.

„Nein. Frau Sandner wurde heute Morgen in der Schule tot aufgefunden."

Eine Millisekunde lang zeigte Grubert keine Regung. Es schien so, als würde Grubert die Nachricht nicht überraschen. Dann entfuhr es ihm. „Was? Die ist tot? Ja, das ist wohl Karma!" Er grinste. Dann drehte er sich um und rief in die Küche, wo sich seine Frau aufhielt: „Jenny, haste gehört? Die Sandner ist tot."

Die guckte sofort um die Ecke. „Die ist tot? Und wie?"

„Das wissen wir noch nicht. Was haben Sie denn gestern nach der Abschlussfeier gemacht?"

„Meinst du, wir waren es?" Grubert schaute ihn herausfordernd an.

Hartmann antworte nicht auf Gruberts Frage. „Soll ich meine Frage noch einmal wiederholen?" Er schaute ihn eindringlich an. Hartmanns Blick wirkte.

„Nachdem ich der Chemie-Tante die Meinung gegeigt habe, sind wir mit den Rädern zur Dönerbude. Und dann ab nach Hause. Alle drei: Jenny, Paula, ich. Und hier waren wir bis heute Mittag. Um 12 Uhr habe ich dann drei Mantateller an der Pommesbude an der Kreuzung geholt. Stimmt's, Jenny?" Grubert schaute zu seiner Frau.

„Ja, stimmt. Paula kann das auch bestätigen. Aber die pennt schon wieder."

Hartmann hatte für den Moment keinen weiteren Gesprächsbedarf. So unsympathisch und flegelhaft diese Gruberts waren, so eindeutig schien Hartmann ihr Alibi für die mutmaßliche Tatzeit. Er verabschiedete sich von den Gruberts und machte sich auf den Weg ins wohlverdiente Wochenende.

Kapitel 8.2

[=> Altmaier]

Montagmorgen, 8.25 Uhr. Altmaier lenkte seinen Wagen in den Mönchsweg und parkte direkt vor dem Haupteingang der Bischöflichen Franziskus-Gesamtschule. Im Gegensatz zu den vorherigen, heißen Sommertagen war dieser frühe Montagmorgen gefühlt das komplette Gegenteil: Es war regnerisch und ungewöhnlich kühl für einen Sommertag. Altmaier schob seinen grauen Jackenkragen hoch, bevor er aus seinem Mercedes stieg.

Das Wochenende hatte ihm gutgetan. Ein Treffen mit den alten Kumpels – das war eines der Highlights in seinem Leben seit circa drei Jahren, seitdem seine Frau ihn hatte sitzen lassen für einen überaus erfolgreichen Düsseldorfer Wirtschaftsfuzzi. Gut, es hatte lange gekriselt bei den beiden. Sie hatten sich etwas auseinandergelebt, sie unternahmen kaum noch etwas gemeinsam. Aber die Trennung kam für Altmaier dann doch aus heiterem Himmel. Immerhin hatten sie zusammen zwei bildhübsche und kluge Töchter großgezogen, 24 und 22 Jahre alt, die jetzt in Berlin und München Medizin und Jura studierten. Aber das zählte wohl alles nicht mehr. Seit der Trennung schlug sich Altmaier allein durch und lebte für diese Treffen mit seinen Freunden am Wochenende und für seine Arbeit.

Als Altmaier den Eingangsbereich der Schule betrat, der freien Blick auf das Forum gewährte, sah und hörte er unmittelbar Schulleiter Weinert, der gerade in der Mitte des Forums stehend eine Ansprache an sein Kollegium hielt, das vor ihm saß: „Und deshalb müssen wir nun zusammenstehen und zusammenhalten im Sinne unseres Glaubens. Dieses Ereignis trifft uns alle. Wir als Kollegium werden in den nächsten Tagen und Wochen für unsere kirchliche Schulgemeinde besonders gefordert sein."

Als die Eingangstür hinter Altmaier ins Schloss gefallen war, blickten mehrere

Lehrkräfte kurz in Richtung des gerade ankommenden Kommissars. Einige tuschelten daraufhin miteinander. Altmaier sah seinen Kollegen Hartmann am Rande des Forums. Er hatte Weinerts Ansprache stehend verfolgt. Altmaier steuerte direkt auf seinen Kollegen zu. Dieser würdigte ihn keines Blickes, hatte seine Ankunft aber durchaus wahrgenommen.

„Die erste Stunde beginnt um 8.05 Uhr, Stefan." Altmaier musste grinsen. Seinen forschen Abgang am Samstag hatte Kollege Hartmann wohl nicht so locker weggesteckt. Altmaier hatte sich schon gewundert, dass ihn Hartmann nach seinen „Besuchen" am Wochenende per Voice Message nicht kurz über den Zwischenstand der Ermittlungen informiert hatte. Ein schlechtes Gewissen lag Stefan Altmaier aber fern. Stattdessen gab er sich jetzt besonders freundlich.

„Guten Morgen, Michael. Schön, dich zu sehen. Gut, dass DU aber offensichtlich pünktlich zur ersten Stunde vor Ort warst. Dafür bekommst du bestimmt ein Sonderlob auf deinem Halbjahreszeugnis." Altmaier gefiel es, den nüchtern-trockenen Eifler Hartmann ab und zu aus der Reserve zu locken. Dieser sprang aber nicht darauf an und kam stattdessen gleich zur Sache.

„Ich habe die Verdächtigenliste abgearbeitet."

„Nichts anderes habe ich erwartet. Wie war es denn bei Familie Grubert?"

„Die Gruberts sind fiese Gestalten. Die schienen sich innerlich richtig zu freuen, dass die verhasste Chemie-Lehrerin tot ist. „Das ist wohl Karma", meinte der Kerl mit einem höhnischen Grinsen. Sind angeblich nach der Nummer am Sektstand, von der uns der stellvertretende Schulleiter berichtet hat, erst in die Dönerbude und dann nach Hause gefahren. Und wer hätte es gedacht? Geben sich natürlich alle gegenseitig ein Alibi für den Rest des Abends beziehungsweise für die Nacht."

„Und die Schülerin, die ihre Abi-Zulassung wegen Isabelle Sandner nicht erhalten hat?"

„Mit der habe ich auch gesprochen. Die ist den ganzen Abend über bei einer Freundin im Nachbarort gewesen. Netflix-Session bis tief in die Nacht. Ich war da. Die Story scheint zu stimmen. Ihre Freundin und deren Mutter sagen einhellig das Gleiche. Das Mädel scheint also schon mal raus zu sein."

„Was sagt die Wagner?"

„Die habe ich nicht angetroffen. War wohl von Samstag auf Sonntag mit ihrem Mann bei ihrem Vater in Münster. Sind Samstagmorgen sehr zeitig schon los, meinte der Nachbar. Aber die sitzt da unten im Forum: zweite Reihe, dritter Stuhl von rechts." Altmaier blickte nach rechts und sah eine Frau mittleren Alters im anthrazitfarbenen Hosenanzug mit grauem Pagenschnitt, den Blick konzentriert nach vorn gerichtet.

„Sieht verkniffen und streng aus. Dass die hier was zu sagen hat, kann ich mir vorstellen." Hartmann musste lachen. Na also. Er schien also doch nicht beleidigt zu sein.

„Was sagt das Vorstrafenregister?"

„Nichts. Wirklich null Komma nichts. Die Frau hat eine weißere Weste als Mutter Theresa."

„Wer hätte das gedacht. Und die Obduktion der Leiche? Schon irgendwas gehört?"

„Noch nichts. Aber die Rechtsmedizin will sich heute im Laufe des Vormittags melden."

„Gute Arbeit, Michael!" Altmaier nickte anerkennend. Er wusste, dass er sich auf den akribischen Arbeiter Hartmann verlassen konnte.

Hartmann führte Altmaier in den Kunst- und Handwerkstrakt, der an der Ostseite des Forums lag. Die Entfernung zum Lehrertrakt hätte kaum größer sein können. Schulleiter Weinert hatte „Wort" gehalten: Der für Altmaier und Hartmann reservierte Kunstraum war in der Tat ruhig gelegen, auch wenn das Ambiente eher weniger einladend war.

Beim Betreten des Raumes trat den beiden Kommissaren unmittelbar ein ziemlich beißender Geruch entgegen, der - wie sich später herausstellte - aus einem halb geöffneten Eimer Kleister entwich. Die in Reih' und Glied stehenden, rechteckigen Tische des Kunstraumes waren am Boden verschraubt und schon ordentlich in die Jahre gekommen. Alle Tische wiesen Farbspuren von Kunstarbeiten vergangener Monate und Jahre auf. Die Schnitzspuren auf den Tischen verrieten, dass hier ab und zu wohl auch Werkunterricht stattfand. Vor den Tischen, die in etwa doppelt so lang wie breit waren, standen jeweils zwei Drehstühle. Hartmann zog einen Stuhl zur Seite und setzte sich darauf. Beim Drehen gab der Stuhl ein ohrenbetäubendes Knatschen von sich, das Altmaier zusammenzucken ließ.

„Die müssen wohl alle mal geölt werden." Hartmann nahm die Situation mit Humor. Altmaier war doch leicht pikiert über die Raumzuweisung und kommentierte ironisch-sarkastisch: „Traumhaft. Einen besseren Raum zur Vernehmung und Zeugenbefragung hätte uns der Schulleiter wirklich nicht zur Verfügung stellen können."

Immerhin gab es im Vorraum, in dem drei Waschbecken aneinandergereiht waren, neben einem Erste-Hilfe-Kasten auch ein Haustelefon. Das hatte eine direkte Wahltaste zum Sekretariat und zum Schulleiterbüro.

Um kein großes Aufsehen zu erregen und die Gerüchteküche nicht unnötig anzuheizen, hatten Altmaier und Hartmann mit Weinert eine Vereinbarung getroffen: Die betreffenden Kollegen, die zur Befragung im Kunstraum erscheinen sollten, erhielten einen dezenten Hinweis vom Schulleiter. In diesem Zusammenhang war das Haustelefon Gold wert.

*

Beate Wagner war die Erste, die zur Befragung an die Tür des Kunstraumes klopfte.

„Herein." Hartmanns Stimme überschlug sich fast.

Beate Wagner betrat den Raum mit einem zackigen Schritt und versteinerter Miene. Altmaier schätzte ihre Größe auf 1,60 bis 1,65 Meter. „Sie wollten mich sprechen?"

„Guten Morgen! Schön, dass Sie gleich gekommen sind, Frau Wagner." Altmaier gab sich betont höflich, obwohl ihm die Person auf Anhieb unsympathisch war. „Sie können sich sicherlich denken, warum wir Sie gerne sprechen wollten. Man hat gesehen, dass Sie Frau Sandner im Rahmen der Abschlussfeier Richtung Chemieraum gefolgt sind."

Beate Wagner schluckte, wurde dann aber gleich forsch. „Wollen Sie mir damit unterstellen, dass ich mit ihrem Tod etwas zu tun hätte? Dass ich eine Mörderin wäre?!"

„Frau Wagner, niemand hat auch nur ansatzweise gesagt, dass Sie eine Mörderin wären oder dass Sie in irgendeiner Form etwas mit dem Tod Ihrer Kollegin zu tun hätten. Wir wissen auch noch gar nicht, wie Frau Sandner zu Tode gekommen ist. Das werden wir wohl erst heute oder morgen erfahren. Da Sie aber eine der letzten Personen waren, mit denen Frau Sandner mutmaßlich vor ihrem Ableben gesprochen hat, müssen wir mit Ihnen sprechen. Möglicherweise liefern Sie uns entscheidende Informationen, Frau Wagner."

Wagner ließ sich durch die Worte Altmaiers etwas besänftigen. „Nun denn. Ja, ich habe nach der Zeugnisverleihung mit Frau Sandner gesprochen. Zunächst einmal möchte ich aber sagen, dass mir ihr Tod unheimlich nahe geht." An Wagners Augen, die bei dieser Aussage nach oben rechts schwenkten, erkannte Altmaier, dass diese Aussage eine komplette Lüge war. Er ließ Wagner aber ohne Einwand fortfahren. „Auf der Abschlussfeier am Freitag gab es einen unschönen Vorfall am Sektstand, mit dem Vater einer Schülerin aus der 10. Klasse. Der hat Frau Sandner übel beleidigt. Als Frau Sandner daraufhin in Richtung Chemieraum rannte, bin ich ihr nachgegangen. Ich wollte sie aufbauen, weil sich der Schülervater wirklich unmöglich verhalten hatte. Wir hatten ein kurzes und freundliches Gespräch."

„Ein kurzes, freundliches Gespräch? War die Beförderungsstelle, auf die Sie sich beide beworben haben und die Frau Sandner am vergangenen Mittwoch schließlich zugesprochen wurde, auch ein Thema dieses ‚kurzen, freundlichen' Gesprächs?"

„Darüber haben wir auch kurz gesprochen, aber das war unwesentlich."

„Unwesentlich? Frau Sandner hat doch IHRE Stelle erhalten. Und das, obwohl Sie viel länger an dieser Schule engagiert sind."

„Was soll ich Ihnen sagen, Herr Kommissar? Natürlich bin ich nicht glücklich über diese Entscheidung des Bistums gewesen, aber so war es nun einmal. Ich habe ihr gesagt, dass sie für den Fall, dass sie ihre Bewerbung zurückziehen will, sich nicht schämen müsste."

„Warum hätte Frau Sandner ihre Bewerbung zurückziehen sollen? Sie hatte doch den Zuschlag erhalten?" Altmaier machte große Augen. Die Gedankengänge dieser Lehrerin waren für ihn nicht greifbar. Eine seltsame Erscheinung, diese Frau.

„Herr Kommissar, Frau Sandner hatte überhaupt keine Erfahrung mit dem Thema

‚Begabtenförderung'. So etwas fällt einem nicht in den Schoß. Man muss wissen, wie man die Lernenden in diesem Bereich fördert. Das muss man sich über Jahre erarbeiten. Und da muss man auch selbst ein Vorbild sein. Insofern war das ein sehr generöses Angebot meinerseits."

Ein ‚generöses Angebot' also. Wagners hochgestochenes Geschwafel ging Altmaier auf die Nerven. Er wollte sich das aber nicht anmerken lassen.

In Hartmanns Hosentasche vibrierte sein Handy. Nach einem kurzen Blick darauf stand er auf und verließ den Raum. Dafür kassierte er einen vorwurfsvollen Blick seines Kollegen Altmaier. Was dachte sich Hartmann dabei, diese wichtige Vernehmung einfach so zu verlassen?

Er fuhr allein fort. „Und es gab wirklich keine Meinungsverschiedenheit wegen dieser Beförderungssache – zwischen Ihnen beiden?"

„Nein, ganz und gar nicht."

„Frau Wagner, interessanterweise sind Sie gesehen worden, als Sie den Chemieraum wieder verließen. Ganz so friedvoll war Ihr Abgang in Wahrheit wohl nicht." Altmaier sah, wie Wagner tief Luft holte. „Tür knallen und ein laut geschrienes ‚Das wirst du bereuen!' hört sich für mich aber definitiv nach einer Meinungsverschiedenheit an. Sehen Sie das etwa anders?" Altmaier pokerte hoch, das wusste er. Aber sein Bluff ging auf.

„Ich beobachtet? Also ... ähm ... Herr Kommissar, ich versichere Ihnen: Ich habe mit dem Tod von Frau Sandner nichts zu tun! Ja, Sie haben recht: Es ist ein bisschen lauter geworden am Ende. Es gab auch eine kleine Meinungsverschiedenheit. Aber ich bin danach sofort nach Hause zu meinem Mann und ich habe das Haus dann nicht mehr verlassen! Das ist so! Fragen Sie ihn. Ich wusste nicht, dass ich beobachtet worden bin. Aber ich habe wirklich nichts getan! Ich bin dann sofort nach Hause. Wir wollten doch morgens früh nach Münster aufbrechen zu meinem dementen Vater. Sie müssen mir glauben!" Die resolute Beate Wagner wirkte jetzt wie ein eingeschüchtertes

Reh. In diesem Moment kam Hartmann mit ernster Miene wieder in den Raum.

„Danke, Frau Wagner, wir haben zunächst genug von Ihnen gehört. Sofern Ihnen noch etwas einfällt, melden Sie sich bei uns." Altmaier gab Beate Wagner sein Kärtchen. „Für den Moment ist alles gesagt." Wagner trottete mit gesenktem Kopf aus dem Raum.

Hartmann wartete ein paar Sekunden, nachdem die Tür des Kunstraumes wieder ins Schloss gefallen war. „Und, Stefan, was meinst du? Hat die Wagner Dreck am Stecken?"

„Kann ich noch nicht einschätzen. Sie hat ein klares Motiv. Auf ihre Unschuld würde ich keine Wette abschließen." Altmaier schaute ihn vorwurfsvoll-fragend an. „Von wem kam der Anruf. Das muss ja wichtig gewesen sein, Michael."

„Das war es, Stefan. Die Gerichtsmedizin Düsseldorf. Gut, dass du mit der Obduktion der Leiche Druck gemacht hast. Isabelle Sandner ist keines natürlichen Todes gestorben. Der Rechtsmediziner hat Spuren von K.O.-Tropfen

in ihrem Magen gefunden. Da sie zum Zeitpunkt der Obduktion noch nachweisbar waren, muss sie eine dicke Ladung davon abbekommen haben. Aber das ist nicht das Einzige ..."
Hartmann gönnte sich eine Sprechpause, um den Moment der Spannung etwas hinauszuzögern.

„Na los, sag schon, Michael."

„Halt dich fest, Stefan: Sandner hatte kurz vor ihrem Tod noch Geschlechtsverkehr."

Kapitel 9

[Stefanie Allmann, Freundin des Opfers =>]

Isabelle und ich haben uns im Referendariat im Ruhrgebiet vor circa sechs Jahren kennengelernt. Wir waren beide neu in Bochum und kannten niemanden. Sie aus Aachen, ich aus Köln – die beiden rheinischen „Mädsche" an einem Gymnasium im Ruhrpott – das musste einfach passen. Dann hatten wir auch noch Englisch als gemeinsames Fach und saßen im selben Fachseminar. „Das ist Schicksal!" haben wir immer gesagt.

Das Ref ist keine leichte Zeit, man durchlebt Höhen und Tiefen. Aber Isa und ich, wir haben uns immer gegenseitig unterstützt, zusammengestanden, zusammengehalten. Entwürfe für Unterrichtsbesuche haben wir bis tief in die Nacht hinein gemeinsam diskutiert und Korrektur gelesen. Wir haben Fingernägel gekaut, wenn die andere eine Lehrprobe hatte. Das schweißt zusammen. „Allmann und Sandner" - das war für die Kollegen damals schon wie „Hanni und Nanni" oder „das doppelte Lottchen".

Aus anfänglicher Kollegialität wurde mit der Zeit eine innige Freundschaft. Wir gingen gemeinsam ins Fitnessstudio und ins Kino, feierten Karneval in „Oche" und „Kölle". Wir fuhren sogar zusammen in den Urlaub: Nordsee, USA, Spanien. Bei Problemen rief ich erst meine Schwester und dann Isa an. Das war die Regel.

Als Isa dann zum Vorstellungsgespräch hierher gefahren ist, drückte ich beide Daumen. Unmittelbar nach dem Gespräch rief sie mich an: „Steffi, die suchen hier händeringend noch jemanden mit Sport und Englisch. Wir könnten beide hier anfangen!" Ich musste nicht lange überlegen. Zurück ins Rheinland und gemeinsam an einer Schule mit Isa. „Geil!" dachte ich. So sind wir hier gelandet.

Und so ist es eigentlich auch geblieben. Gut, der Kontakt im Privaten ist in den letzten Jahren etwas weniger geworden. Unsere vollen Stellen gingen am Anfang einher mit einem „Praxisschock": Arbeit, Arbeit, Arbeit und kein

Ende in Sicht. Die Abende verbrachte jede für sich am Schreibtisch, zum Teil auch bis tief in die Nacht. Am Wochenende mussten häufig Klassenarbeiten und Klausuren korrigiert werden. Unsere Treffen in der Freizeit wurden also weniger, wir genossen sie aber genauso wie früher. Durch meinen Freund, mit dem ich jetzt seit zwei Jahren zusammen bin, hatte ich dann noch weniger Zeit. Obwohl Isa sich auch mit ihm verstand und wir ab und zu etwas zu dritt machten, sahen Isa und ich uns dann noch seltener.

Aber Isa ist immer der herzensgute, hilfsbereite und fürsorgliche Mensch geblieben, den ich vor acht Jahren kennengelernt habe. Sie war zu allen und jedem freundlich, man kannte sie eigentlich nur mit diesem ansteckenden Lächeln, das ihre Lebensfreude widerspiegelte. Wenn es darauf ankam, war Isa für mich da. Ich konnte mich immer zu einhundert Prozent auf sie verlassen.

Gut, wir waren zum Teil auch unterschiedliche Charaktere. Sie trieb auch nach unserem Referendariat ein unbändiger Wille und Ehrgeiz an. Sie wollte unbedingt nach oben kommen. Die feste Stelle, Verbeamtung auf Lebenszeit ... das allein reichte ihr nicht. Vom ersten Tag an engagierte sie sich, wo sie nur konnte. Isa mischte überall mit. Es war ihr egal, ob sie eine Sache wirklich interessierte oder nicht, sie wollte nur zeigen, dass sie da war. Sie sondierte die sozialen Verflechtungen an der Schule ganz genau, spann regelrechte Netzwerke und - das sage ich, obwohl sie meine Freundin war - wusste auch, wie sie bei der Schulleitung Eindruck schinden konnte. Sie konnte Leute um den Finger wickeln. Oh ja, das konnte sie. Ein Lächeln, ein paar persönliche Worte ... so zog sie alle auf ihre Seite. Die Männer fanden ihre Schönheit betörend und sie wusste ihre Reize auch gekonnt einzusetzen. Sie spielte damit.

Ja, ich muss ehrlich sagen, sie war auch opportunistisch. Und das brachte ihr nicht nur Freunde hier ein. Nach außen nahm sie das ganz cool, aber ich kannte sie und wusste auch von ihr selbst, dass die harte Schale häufig nur Fassade war. Isa war eigentlich ein sehr sensibler und verletzlicher Mensch. Die Reibereien, die Konflikte mit einigen Kolleginnen und Kollegen - das hat sie mir gegenüber in den letzten Wochen und Monaten häufiger betont - zerrten extrem an ihren Nerven. Manchmal hatte ich Angst, dass sie das nervlich alles nicht mehr schultern kann, dass sie unter der Last zusammenbricht.

Dann die Sache mit der Beförderungsstelle. „Lass es, Isa!" habe ich ihr gesagt, als sie mir von ihren Bewerbungsplänen berichtete. „Das gibt doch nur böses Blut." Aber Isa hörte nicht auf mich. Sie wollte mit dem Kopf durch die Wand. Ich wusste, dass mit dem Tag, an dem bekannt gegeben würde, dass sich zwei Kolleginnen auf die A14-Stelle „Begabtenförderung" beworben haben, ein Shitstorm und eine Welle der Empörung gegen Isa losbrechen würde. „Die Wagner herausfordern? Das ist irre. Die macht das seit hundert Jahren. Die macht dich kalt!" habe ich ihr gesagt. Aber Isa meinte nur „Steffi, die spuckt doch nur große Töne. Die macht Unterricht aus der Steinzeit. Ich kann doch nur gewinnen."

Isa war natürlich bewusst, dass Beate Wagner nicht die „beste" Freundin der Schulleitung war. Isa wusste auch, dass sich der stellvertretende Schulleiter für sie ins Zeug legen würde. Christian Derendorf und Isa verstanden sich gut. Ganz im Gegensatz zu Beate Wagner, die er nicht riechen kann – das ist ein offenes Geheimnis im Kollegium. Dass Christian großen Einfluss auf den Schulleiter hat, weiß auch jeder. Manch einer im Kollegium sagt hinter vorgehaltener Hand, dass die wirklich wichtigen Entscheidungen nicht im Schulleiterbüro, sondern im Zimmer daneben getroffen werden.

Aber am Ende war Isas Einschätzung richtig: Wagners Revision muss wohl ziemlich daneben gegangen sein, während Isabelle glänzen konnte. Da war es am Ende dann auch egal, dass Beate Wagner Isa in Sachen Dienstjahren meilenweit voraus war. Nach der

Entscheidung am Mittwoch pestete Beate Wagner so fies und verächtlich gegen Isa, wie ich mir das für eine gebildete Person, die in einem sozialen Beruf arbeitet und Kinder an einer kirchlichen Schule zu Moral und Anstand erziehen soll, in meinen schlimmsten Träumen nicht hätte ausmalen können. So war das.

Aber welchen Wert hat das jetzt alles noch? Welche Bedeutung hat das? Welchen Sinn soll das haben? Isa ist nicht mehr unter uns. Es zerreißt mich. Es macht mich fertig. Es erschüttert mich. Von einem Moment auf den anderen überkommen mich die Tränen. Verzweiflung und Trauer rauben mir den Schlaf. Meine Freundin Isa wird nie wieder durch diese Tür gehen. Sie wird nie wieder ihr strahlendes Lächeln zeigen. Sie wird nie wieder ihr „Oche Alaaf" feiern.

Kapitel 10

[=> Altmaier]

Stefanie Allmann wischte sich eine Träne aus dem rechten Augenwinkel. Bislang hatte sie sehr gefasst von ihrem Kennenlernen und ihrer Freundschaft zur verstorbenen Isabelle Sandner gesprochen. Nun holte sie doch ihre Trauer ein. Sie kämpfte mit ihren Emotionen. Das sah man ihr deutlich an.

Altmaier wäre am liebsten neben sie getreten, um seinen Arm zum Trost um sie zu legen. Eine solche Geste kam ihm aber deplatziert vor, sodass er auf seinem Stuhl gegenüber verharrte und im Stillen mitlitt.

Stefanie Allmann war eine äußerst attraktive Frau. Mit ihren langen, kastanienbraunen Haaren und ihrem sportlich-durchtrainierten Körper entsprach sie genau Altmaiers Beuteschema. Ihr zartes Stubsnäschen, ihre eisblauen Augen mit den schier endlos langen Wimpern und ihr süßer Schmollmund erzeugten ein Gefühl tiefer

Sehnsucht in ihm. Er war von ihrer Erscheinung so geblendet, dass er für einen kurzen Moment sein Alter und die Umstände vergaß. Aus den Augenwinkeln konnte er sehen, dass auch sein Kollege Hartmann Gefallen an der jungen, attraktiven Sportlehrerin gefunden hatte. Das verriet sein intensiv-eindringlicher Blick, der abwechselnd zwischen der leger geschnittenen, bordeauxroten Bluse und der hautengen schwarzen Jeans der 30jährigen pendelte. „Vergiss es, Michael. Die spielt nicht in deiner Liga ..." hätte Altmaier seinem Kollegen Hartmann am liebsten ins Ohr geflüstert. Der Windzug, der durch das weit geöffnete Fenster wehte, holte ihn aus seiner Gedankenwelt zurück auf den Boden des Kunstraumes.

„Frau Allmann, ist Ihnen am Freitag bei der Abschlussfeier irgendetwas Verdächtiges aufgefallen?"

„Ich war am Freitag nicht bei der Abschlussfeier. Ich unterrichte nicht im Jahrgang 10. Die Nachricht vom Tod Isabelles erhielt ich beim Frühstück am Samstagmorgen.

Ich war vollkommen fertig und geschockt. Und bin es auch jetzt noch."

Altmaier nickte und hielt einen Moment lang inne. Der Kleistergeruch, der trotz des geöffneten Fensters noch immer penetrant in der Luft lag, vernebelte ihm ein wenig die Sinne. Aber er besann sich wieder. „Sie haben eben gesagt, dass Frau Sandner sich hier nicht nur ‚Freunde' gemacht hat. Hatte Sie hier vielleicht sogar ‚Feinde'?"

„Puh, das ist eine schwierige Frage. Nur, weil jemand nicht mein Freund ist, ist er ja noch nicht sofort mein Feind. Es gab, wie schon erwähnt, Meinungsverschiedenheiten und Konflikte mit einigen Kolleginnen und Kollegen. Die waren aber mehr temporärer Natur. Einen Dauerkonflikt mit einer Kollegin oder einem Kollegen hatte Isa - zumindest meines Wissens nach - nicht. Und auch im Privaten ist da niemand gewesen. Das hätte sie mir erzählt. Isa war ein Sonnenschein. Sie war allgemein sehr beliebt."

„Was ist mit Beate Wagner?"

„Ja, Beate. Isa und Beate mochten sich nicht. Auch im Vorfeld des Beförderungsverfahrens hat es - unter anderem bei den Englisch-Fachkonferenzen - das ein ums andere Mal zwischen den beiden gerasselt. Aber als Isas ‚Feindin' würde ich Beate nicht bezeichnen."

„Wie sah es privat in Sachen Partnerschaft aus? War Frau Sandner vergeben?"

„Nein. Isa war Single. Und soweit ich weiß, gab es da zuletzt auch niemanden mit dem Isa sich gedatet oder getroffen hat."

„Hmm." Altmaier machte ein Häkchen in seinem Fragenkatalog und wollte schon übergehen zur nächsten Frage, aber Hartmann schritt ein: „Sie sagten eben, es gab ‚zuletzt' niemanden. Wen gab es denn vor diesem ‚zuletzt'?"

Stefanie Allmann zögerte einen Moment. Altmaier vernahm ein leicht nervöses Zucken der Lidpartie. „Frau Allmann?"

„Ja, es gab da jemanden. Es ist ein Geheimnis, das an dieser Schule eigentlich niemand wissen darf, ... weil es extreme Konsequenzen für die Betroffenen nach sich ziehen könnte, wenn das rauskäme."

„Frau Allmann, Sie sprechen in Rätseln. Welches Geheimnis? Extreme Konsequenzen für wen und warum?"

„Isa hatte eine Affäre, ein ziemlich emotionales, ziemlich intensives Verhältnis mit ... einem männlichen Kollegen."

„Da wird Frau Sandner sicherlich in guter Gesellschaft mit vielen tausend Männern und Frauen im ganzen Land gewesen sein." Altmaier hob fragend beide Augenbrauen.

„Sicherlich. Aber die wenigsten werden bei einem kirchlichen Arbeitgeber angestellt sein."

Daher wehte also der Wind. Ein sogenannter Verstoß gegen die „Sittenlehre" des Arbeitgebers. Altmaier hatte schon diverse Geschichten über Angestellte in kirchlichen Einrichtungen wie Krankenhäusern gehört, bei denen die Arbeitnehmer sich vor Gericht für ihre moralisch-verwerfliche „Fleischeslust" verantworten mussten. Er musste schmunzeln. Dass die Weltfremdheit dieser antiquierten Institution, die sich als moralische Instanz aufspielte und das Gegenteil vorlebte, in der heutigen Zeit überhaupt noch eine Rolle spielte, war für ihn vollkommen absurd. „Und wer war der Glückliche, Frau Allmann?"

„Matthias Holtkamp. Mathe- und Sportkollege. 39 Jahre alt und … verheiratet." Hartmann entglitt ein Pfiff. Dafür wurde er von Altmaier mit einem bösen Blick bedacht.

„Wissen Sie, ob Herr Holtkamp am Freitag bei der Abschlussfeier war?"

„Soviel ich weiß, ja. Er unterrichtet Mathe in der 10d und soweit ich weiß, auch Sport." Altmaier wurde hellhörig, verzog aber keine Miene.

„Und was für Konsequenzen hätte es gehabt, wenn die Affäre zwischen ihm und Frau Sandner rausgekommen wäre? Versetzung?

Rauswurf? Für einen? Für beide? Was wäre passiert?"

„Das weiß man nicht genau. Solche Fälle sind bislang nicht an die große Glocke gehängt worden. Aber hinter vorgehaltener Hand gab es natürlich Gerüchte ... gerade, wenn man bei den Mitarbeiterversammlungen mal auf Kolleginnen und Kollegen aus anderen Bistumsschulen getroffen ist. Was Isa und Matthias betrifft ... ich hätte das eigentlich gar nicht wissen dürfen. Matthias und sie hatten die Absprache, dass niemand - und zwar wirklich niemand – erfährt, was bei ihnen läuft. Aber dann ist es Isa mal rausgerutscht. An einem Abend, an dem wir gemeinsam raus waren. Ein Wein zu viel ... und es war raus. Matthias weiß bis heute nicht, dass Isa mich eingeweiht hat."

Altmaier schüttelte den Kopf. „Du liebe Güte. Wann fing das an? Und wie lange ging das? Oder lief die Affäre noch?"

„Laut Isa fing es wohl vor gut neun bis zehn Monaten an ... bei einer Klassenfahrt nach Italien. Erst nur sporadisch, dann wurde es intensiver. Matthias war dann wohl fast jeden zweiten, dritten Tag bei Isa. Bis vor zwei Monaten ..."

„Was war da?"

„Isa war die Situation satt. Sie wollte nicht mehr. Sie hat ihm die Pistole auf die Brust gedrückt: Er solle endlich entscheiden, was er wolle. Aber Matthias lavierte nur herum. Es sei noch nicht der richtige Zeitpunkt, er könne sich nicht trennen. Erst kam Weihnachten, dann der Geburtstag seiner Frau, dann dieses, dann jenes. Irgendwann reichte Isa wohl Matthias' Hinhaltetaktik. Laut Isa gab es einen Riesenkrach und Isa hat Matthias aus ihrer Wohnung geschmissen. Und dann war es vorbei ..."

„Wie schön, wenn man sich dann noch tagtäglich im Lehrerzimmer über den Weg läuft ..." Altmaier konnte sich seinen Sarkasmus nicht verkneifen. „Und die Ehefrau?"

„... Die ist auch Kollegin hier. Deutsch und Religion. Unterrichtet auch im Jahrgang 10. Die weiß von nichts."

Altmaier musste laut lachen. „,Sodom und Gomorrha an der Bischöflichen Franziskus-Gesamtschule' – Das wäre doch mal eine interessante Schlagzeile für die Kirchenzeitung."

Kapitel 11

[=> Altmaier]

Auf seine kurze telefonische Anfrage im Schulleiterbüro erfuhr Altmaier von Schulleiter Weinert, dass sich Matthias Holtkamp in der Sporthalle aufhielt, um den erzwungenen pädagogischen Arbeitstag für eine Aufräumaktion im Materialraum zu nutzen.

Altmaier und Hartmann ließen sich vom Hausmeister die Tür zur Sporthalle aufschließen. Von dort aus sollten sie durch die Umkleidekabinen in den Flur vor der Sporthalle gelangen, wo sich auch der Material- und Geräteraum befinden sollte. In der Umkleidekabine musste Altmaier die Nase rümpfen. Hier lag ein sehr spezieller Geruch in der Luft. Jahrzehntelange Schweißausdünstungen pubertierender Mädchen und Jungen hatten sich offenbar tief ins Mauerwerk gefressen. Hinzu kam ein modrig-schimmeliger Gestank aus dem angrenzenden Waschraum. Hier half auch kein stundenlanges Stoßlüften mehr. Ohne eine Komplettsanierung war da nichts zu machen. Altmaier dachte an die üppigen Kirchensteuererträge, die hier sicherlich eine sinnvolle und auf die Zukunft ausgerichtete Verwendung gefunden hätten. Es mussten ja nicht gleich goldene Limburger Wasserhähne sein.

Im Flur der Sporthalle angekommen, wiesen ihnen rumpelnde Geräusche aus dem rechten Gebäudeteil den Weg zum Material- und Geräteraum. Matthias Holtkamp stand gebückt mit dem Rücken zur Tür. Er trug ein schwarzes Sportshirt, eine ausgewaschene Jeans und schwarze Asics-Sneaker.

„Guten Morgen, Herr Holtkamp!" Altmaier lächelte freundlich. Matthias Holtkamp drehte sich um. Seine langen, blonden Haare, sein gebräunter Teint und seine hünenhafte Gestalt erinnerten Altmaier an einen Surflehrer. Typ Macho. Unter seinem schwarzen Sportshirt zeichnete sich sein definierter Oberkörper ab. Seine Gesichtszüge waren auffällig markant.

Sein Gesichtsausdruck verriet, dass er nicht unbedingt mit dem Auftauchen der Kommissare in der Sporthalle gerechnet hatte.

„Ja?"

Altmaier hatte schon sympathischere Erstbegegnungen erlebt. Er sah über die ausbleibende Begrüßung hinweg. „Herr Holtkamp, Sie haben ja sicherlich mitbekommen, warum wir hier sind. Für Ihr Kollegium ist die Situation sicherlich alles andere als einfach. Es gibt viele Fragen, die gestellt werden und ungeklärt sind. Sie waren auch auf der Abschlussfeier am Freitag?"

„Ja, war ich." Wortkarg schien er auch zu sein. Während er mit Altmaier und Hartmann sprach, sortierte er farbige Mannschaftsbänder.

„Hatten Sie am Freitag Kontakt zu Frau Sandner?" Altmaier hatte für einen kurzen Moment das Gefühl, ein nervöses Zucken in Holtkamps Augen zu sehen. Seine Sortieraktion stellte er ein.

„Ja, ich habe Frau Sandner Freitagmorgen im Lehrerzimmer gesehen und auch abends kurz, als wir gemeinsam mit anderen Kollegen nach der Zeugnisverleihung ein Glas Sekt vor dem Sektstand getrunken haben. Aber sonst nicht. Die Nachricht von ihrem Tod war ein Schock für mich – ganz klar. So wie für das gesamte Kollegium."

„Hmm. Kannten Sie Frau Sandner gut?" Holtkamp überlegte einen Moment, bevor er antwortete. „Gut ist relativ. Wir waren Kollegen, hatten keine fachlichen Überschneidungen. Wir sahen uns ab und zu, wenn wir mit einem Trupp jüngerer Kollegen etwas trinken gegangen sind. Wir hatten ... ein gutes, kollegiales Verhältnis würde ich sagen."

„Ach ja? Ein gutes, *kollegiales* Verhältnis? War das immer so?"

„Ja. Ein gutes, *kollegiales* Verhältnis. Ich weiß nicht, was Sie meinen." Holtkamps Stimme hatte jetzt einen energischen Unterton.

„Ich meine gar nichts, Herr Holtkamp." Altmaier lächelte überlegen. „Danke für Ihre Auskünfte. Für den Fall, dass Ihnen noch etwas einfällt, lasse ich Ihnen meine Karte hier."

„Danke … ja, ja, sicher." murmelte Holtkamp vor sich hin, den Blick abwendend. Er schien jetzt sichtlich angespannt. Im Umdrehen sah Altmaier aus den Augenwinkeln die Erleichterung in Holtkamps Gesichtszügen.

Draußen angekommen, war Hartmann, der das Gespräch nur stillschweigend verfolgt hatte, kaum zu halten. „Stefan, was war das denn? Der lügt doch ohne rot zu werden. Warum hast du den nicht gegrillt? Wir wussten von der Allmann doch, dass er und Sandner …"

„Ganz ruhig, Michael" unterbrach ihn Altmaier, „das war noch nicht der richtige Zeitpunkt. Hast du das nervöse Flackern in seinen Augen gesehen? Da ist noch was. Das sehe ich so wie du. Und wir werden herausfinden, was. Aber dazu brauchen wir mehr als eine einzige Aussage von einer Freundin des Opfers."

Kapitel 12

[=> Altmaier]

Altmaier und Hartmann machten sich über den hinteren Schulhof, der an den Lehrerparkplatz und den schuleigenen Sportplatz angrenzte, auf den Weg in Richtung Hintereingang. Das Wetter hatte sich nun etwas aufgeklärt. Der Regen hatte aufgehört und die ersten Sonnenstrahlen kämpften sich durch das dicke Wolkenband. Eine gewisse Schwüle lag jetzt in der Luft, feiner Wasserdunst stieg auf.

Der Flur vom Hintereingang in Richtung Forum und Lehrertrakt war menschenleer. Das Kollegium hatte sich an diesem pädagogischen Sonderarbeitstag offenbar auf die verschiedenen Klassen- und Kursräume verteilt. Im Sekretariat waren die beiden Sekretärinnen mit Verwaltungsarbeiten beschäftigt. Weinerts Schulleiterbüro war verschlossen, aber die Tür zum Büro des stellvertretenden Schulleiters, Christian Derendorf, war geöffnet. Derendorf saß an seinem Schreibtisch, der genau gegenüber der Tür stand und schaute auf seinen PC-Bildschirm. Der stellvertretende Schulleiter war wieder wie für den Catwalk gekleidet. Sein hellblaues Hemd passte perfekt zu seinem steingrauen Anzug, der dieses Mal sogar von einem blau-karierten Einstecktuch geziert wurde. Altmaier klopfte an die geöffnete Tür.

„Herr Derendorf? Dürfen wir kurz stören?"

„Herr Altmaier! Herr Hartmann! Natürlich. Kommen Sie rein. Sie stören nicht. Herr Weinert musste leider zu einer Schulleiterdienstbesprechung in die Domstadt. Das heißt, ich bin jetzt der Chef hier." Den letzten Satz sprach er mit einem Augenzwinkern.

„Macht es Ihnen etwas aus, wenn wir die …" Altmaier deutete auf die geöffnete Tür.

„Nein, ganz und gar nicht. Machen Sie die Tür ruhig zu. Dann können wir ungestört reden. Bitte nehmen Sie doch Platz." Derendorf deutete auf die kleine, etwas in die Jahre gekommene schwarz-rote Sesselgarnitur, die in die linke Raumecke direkt neben der Tür gepfercht war.

Das Büro war deutlich kleiner als das Büro des Schulleiters. Neben dem großen Arbeitsschreibtisch und der Sitzgruppe hatten sonst nur noch ein raumhohes Regal an der rechten Wandseite und ein Tisch mit einer leicht eingestaubten Dracaene Platz in diesem Raum. Der Blick in den grünen Brunnenhof entschädigte allerdings ein wenig für die beengten Raumverhältnisse.

„Was kann ich für Sie tun, meine Herren?" Derendorf gefiel es ganz offensichtlich für ein paar Stunden den Chef zu mimen. Seine freundlich-zugewandte Art war Altmaier aber durchaus sympathisch. Sein moschusartiger Rasierwassergeruch, der fast den gesamten Raum ausfüllte, sagte dem Kommissar aber eher weniger zu.

„Herr Derendorf, wir haben noch ein paar Fragen zur Abschlussfeier am Freitagabend. Ich denke, ich muss nicht extra erwähnen, dass Sie natürlich Stillschweigen über unser Gespräch bewahren müssen, tue es vorsorglich aber trotzdem. Wir wissen noch immer nicht genau, wie Frau Sandner zu Tode gekommen ist, müssen aber weiterhin viele Puzzleteilchen sammeln, um zu einem Gesamtbild zu kommen."

„Ja, natürlich. Das ist doch selbstverständlich."

„Gut. Also dann. Herr Derendorf, Sie erzählten uns am Freitag, dass Sie am Sektstand Schicht bis 22 Uhr hatten. Haben Sie Ihren Kollegen Matthias Holtkamp an jenem Abend gesehen?". Altmaier nahm in Derendorfs Blick Erstaunen wahr. Seine Antwort ließ aber nicht lange auf sich warten.

„Ja, mehrmals sogar. Herr Holtkamp saß eine Reihe hinter mir bei der Zeugnisverleihung der 10. Klassen. Und auch bei der Abschlussfeier habe ich ihn gesehen. Er war einer der Kollegen, die gemeinsam mit Frau Sandner in geselliger Runde am Sektstand gestanden haben. Er hat meistens die Runden geholt.

„Ist er während der Abschlussfeier die ganze Zeit dort gewesen?"

„Puuh. Ob er vom Beginn der Abschlussfeier bis zu seiner Verabschiedung dauerhaft dort gestanden hat, kann ich nicht sagen, dafür war ich zu beschäftigt. Aber aus der Erinnerung heraus würde ich schon sagen, dass er während der Abschlussfeier überwiegend dort gewesen ist."

Altmaier nickte. „'Bis zu seiner Verabschiedung' sagten Sie. Wann war das in etwa?"

„Oh, das kann ich Ihnen sogar ziemlich genau sagen. Das muss so gegen Viertel vor 10/ 10 vor 10 gewesen sein. Da hat er sich von der restlichen Kollegenrunde am Sektstand und auch von mir verabschiedet und wollte sich auf den Heimweg machen. Ich meine, er sagte, er wolle noch zum Lehrerzimmer, um seine Jacke zu holen."

„Viertel vor/10 vor 10 – das ist ja schon eine sehr genaue Angabe."

„Ja, das stimmt. Ich weiß das so genau, weil kurz vor meinem Schichtende auf einmal seine Frau, Carolin Holtkamp, vor mir stand und nach ihm fragte. Sie war mit dem Fahrrad gekommen, um gemeinsam mit ihm nach Hause zu fahren. Aber da war er wohl schon weg."

„War Frau Holtkamp denn nicht auf der Abschlussfeier? Laut Stundenplan unterrichtet sie doch Deutsch oder Religion im Jahrgang 10 ...?" Altmaier kannte den Stundenplan nicht, wollte aber auch nicht Stefanie Allmann als seine Informationsquelle preisgeben.

Derendorf zögerte einen Moment. „Ja, das ist richtig. Sie unterrichtet Religion in der 10b und als begnadete Schauspielerin leitet sie zusätzlich auch die „Theater- und Schauspiel"-AG" der Jahrgangsstufe. Normalerweise wäre sie da gewesen, aber ... "

„Aber ...?"

„Nun, diese Information darf ich Ihnen wahrscheinlich gar nicht so einfach geben ... aber gut. Frau Holtkamp hat sich nachmittags wegen Unwohlseins und Übelkeit für die 10er-

Abschlussfeier entschuldigt ... Sie ist im dritten Monat schwanger. Das ist im Kollegium beziehungsweise in der Schule aber noch nicht bekannt."

Damit hatte Altmaier nicht gerechnet. Er ließ sich aber nichts anmerken. Ganz im Gegensatz zu Hartmann, dem fast die Augen aus dem Kopf gefallen wären.

„Ach so. Ja, das ist verständlich." In diesem Moment sah Altmaier wie eine Frau im grauen Hosenanzug und mit grauem Pagenschnitt über den Brunnenhof in Richtung Lehrerparkplatz ging. „Ist das nicht ...?"

Derendorf, der mit dem Rücken zum Fenster saß, drehte sich um. „Das ist Frau Wagner. Die geht häufiger über den Brunnenhof. Ihr grundstückseigener Garten grenzt an unseren Lehrerparkplatz." Altmaier traute seinen Ohren kaum. Ein vorwurfsvoller Blick ging in Richtung Hartmann.

Sie verabschiedeten sich von Derendorf. Altmaier war stocksauer auf seinen Kollegen, der in seinem morgendlichen Briefing nichts vom gerade gehörten Umstand erwähnt hatte. In einer Nische nahm er sich Hartmann zur Brust.

„Michael, wann wolltest du mir erzählen, dass die Hauptverdächtige in unserem Mordfall gefühlte zehn Meter vom Tatort entfernt wohnt?! Das kannst du mir doch nicht verschweigen! Das kann entscheidend für die Ermittlungen sein!"

„Stefan, was willst du von mir?! Du hättest ja mal auf die Adressliste des Kollegiums schauen können, dann wäre dir das unter Umständen sogar selbst aufgefallen!"

„Du warst doch an ihrem Haus am Samstag! Meinst du etwa, ich würde alle Straßen in der Nähe eines Tatorts auswendig lernen?! Das ist doch lächerlich!" Altmaier kochte innerlich. Er musste an die frische Luft. Er wusste, dass er kurz vor einem emotionalen Wutausbruch stand. Das hatten ihn seine letzten Ehejahre gelehrt. Schnurstracks steuerte er auf die nächstgelegene Außentür zu. Dann blieb er stehen. Die Tür, vor der er stand, war außen von beiden Seiten gut zur Hälfte von Büschen und Sträuchern zugewuchert.

Hartmann schloss zu ihm auf. „Ist das da draußen nicht der …?"

„Ja, das ist er." Altmaier schnitt ihm das Wort ab. Sein Ärger wich ein wenig der Überraschung seiner Entdeckung: Auch der Lehrertrakt war mit dem Brunnenhof verbunden. Er deutete mit einer Hand durch die Scheibe nach draußen. „Michael, Matthias Holtkamp ist am Freitag um Viertel vor 10 nicht nach Hause gefahren. Er hat seine Jacke aus dem Lehrertrakt geholt ist von hier aus zu Isabelle Sandner in den Chemieraum gelaufen."

Kapitel 13

[=> Isabelle Sandner]

Es klopfte abermals an der Tür. Vielleicht zehn bis fünfzehn Minuten waren vergangen nach Beate Wagners lautstarkem Abgang. Isabelle verdrehte die Augen. Wer konnte das sein? Die Furie noch einmal? Wollte sie ihr noch ein paar miese Worte mit ins Wochenende geben? Isabelle ging dennoch zur Tür. Als sie öffnete, traute sie ihren Augen kaum. „Du?!"

„Ja, ich. Darf ich reinkommen?" Vor Isabelle stand ein verlegen lächelnder Matthias Holtkamp. Isabelle trat zur Seite und ließ ihn eintreten, bevor sie die Tür wieder schloss.

„Was willst du hier, Matthias?!" Isabelle überlegte, wie lange die beiden kein richtiges Gespräch mehr geführt hatten - außerhalb der täglichen und kaum zu vermeidenden Begrüßungsfloskeln in der Schule. Sieben Wochen? Acht Wochen?

Isabelle sah, wie er mit seiner rechten Hand nervös an seinem Hemdsaum herumfummelte.

„Na ja, Isa, eigentlich wollte ich mit dir anstoßen. Auf deine Beförderungsstelle. Wahnsinn, dass du das gepackt hast!" Da war es wieder, dieses süß-schüchterne Lächeln dieses Zwei-Meter-Hünen, das Isabelle vor Monaten nach und nach in den Bann gezogen hatte.

Isabelle schaute durch das Fenster nach draußen, wo die Sonne sich langsam Richtung Horizont verabschiedete. War Matthias wirklich nur gekommen, um ihr das zu sagen? „Danke, das ist lieb. Ja, ich konnte es am Mittwoch kaum fassen, als der Anruf kam. ‚Wahnsinn' trifft es schon gut."

Isabelle merkte, wie die Verlegenheit in ihr aufstieg ... so wie damals, als sie sich über Wochen näher und näher kamen. Mit einem frotzelnden Spruch von Matthias am Kopierer hatte es angefangen und beide am Ende sogar ins Ehebett von Matthias und seiner Frau getrieben. Isabelle hatte sich gewehrt ... oh ja. Über Wochen hatte sie sich gewehrt. Sie wusste, dass es falsch war. Er war vergeben, verheiratet sogar. Und alle drei an derselben Schule ... einer kirchlichen! Das musste im Chaos enden.

„Und ich wollte nach dir schauen. Dieser Grubert ist ein Vollidiot. Der hat sie nicht mehr alle. Lass dich davon nicht fertig machen." Er wollte fürsorglich sein. Wie schön. In den letzten Wochen hätte er seine Unterstützung ja auch mal zeigen können.

„Danke, Matthias. Alles gut. Als ich hier war, hatte ich es fast schon wieder vergessen." Der letzte Satz war halb gelogen, aber sie wollte vor ihm keine Schwäche zeigen. „Aber danach war die Wagner hier. Da hast du was verpasst. Die Generalin wurde zum Teufel." Isabelle zog eine Grimasse, die Wagners Gesichtsausdruck darstellen sollte. Beide mussten lachen. Da war sie wieder. Diese unheimliche Vertrautheit ... und das nach all den Wochen. Holtkamp blickte erst etwas verlegen zur Seite, schaute Isabelle dann eindringlich an. Ihr war plötzlich etwas schwindelig.

„Isa, es tut mir so leid ... ich ... ich vermisse dich."

Also doch … Isabelles Herz pochte. Sie konnte das Blut in ihren Adern förmlich pulsieren hören. Aber ein aufkeimendes Gefühl der Sehnsucht nach Matthias, wich der Wut, die sie jetzt voll erfasste. „Es tut dir leid, Matthias? Du vermisst mich?! Ist dir klar, was du da sagst? Nach allem, was du getan hast?!" Isabelle schnappte nach Luft.

„Isa … ich …" Holtkamp stotterte.

Isabelles Blick verfinsterte sich. „Matthias, ich habe mich gewehrt. Ich wollte das nicht. Wir waren befreundet, aber du hast mich gedrängt, du hast mich immer mehr gedrängt. Ich sei deine Traumfrau. Du wolltest mit mir zusammen sein, mit mir leben. Ich habe mich darauf eingelassen, habe dir vertraut. Und was machst du…? Du schwängerst nebenbei deine Frau, obwohl ihr angeblich schon seit Wochen in getrennten Betten schlaft. Und jetzt kommst du nach zwölf Wochen und sagst, dass es dir leid tut?!" Isabelle war jetzt hochemotional. Die letzten Sätze hatte sie ihm schreiend an den Kopf geworfen.

„Isa, ich konnte doch nicht ahnen, dass sie schwanger wird." Holtkamp war in der Defensive.

Isabelle wurde schummrig vor Augen. Ihrer Wut tat das keinen Abbruch. „Du konntest nicht ahnen, dass sie schwanger wird?! Bist du jetzt vollkommen irre geworden, Matthias?! Du hast parallel mit zwei Frauen gevögelt! Du hast mir geschworen, dass es aus ist. Du hast behauptet, du wolltest nur mit mir zusammen sein und hast sie munter weitergevögelt!" Isabelle kochte vor Wut.

Sie hatte sich von ihm getrennt, nachdem er sich über Wochen und Monate eine Hängepartie geleistet hatte … hier nach außen der treusorgende Ehemann, im Verborgenen die Affäre mit Isa. Ja, eigentlich sei sein „sehnlichster Wunsch" endlich mit Isabelle richtig zusammen zu sein, zusammen zu leben. Aber nie war der richtige Zeitpunkt zur Trennung von seiner Frau Carolin gekommen: erst war Weihnachten, dann wurde sein Schwiegervater 70, dann hatte Carolin selbst

Geburtstag. Vor gut zwei Monaten ließ Matthias dann die Bombe platzen: Carolin war schwanger. Das war zu viel für Isa. Schluss – aus – vorbei! Das wollte und konnte sie sich nicht mehr bieten lassen.

Holtkamp näherte sich Isabelle und wollte sie umarmen. Sie entriss sich seiner Umarmung.

„Nein, Matthias!" Wie oft hatte Isabelle es bereut, sich auf die Nummer eingelassen zu haben? Wie naiv sie war! Sie hatte es ja von Anfang an gewusst. Am Ende war es noch Glück, dass sie es so gut geheim gehalten hatten. Wäre das raus gekommen … Sie hätten sich beide persönlich ihre Entlassungsurkunden aus dem kirchlichen Schuldienst abholen können.

„Isa, bitte!" Holtkamp startete einen weiteren Versuch. Isa hämmerte mit beiden Fäusten gegen seine Brust. Doch seine warmherzige Umarmung hielt den Einschlägen stand. Isabelles schummrige Wahrnehmung nahm zu … Hatte sie zu viel getrunken? Sie spürte sein Herz schlagen. Sie vernahm den Duft seines AXE-Aftershaves, das sie so oft gerochen hatte. Matthias küsste sie. Seine Lippen schmeckten nach Sekt. Isabelle konnte und wollte sich jetzt nicht mehr wehren. Sie schloss die Augen und erwiderte Matthias' Kuss leidenschaftlich.

Als sie kurz die Augen öffnete, war es ihr, als ob sie im dichten Buschwerk vor den Fenstern eine Gestalt gesehen hätte. Oder war es nur die Reflexion eines Autoscheinwerfers, das im Hofbereich drehte? In diesem Moment spielte es für Isabelle keine Rolle. Sie schloss wieder die Augen. Was war bloß los mit ihr? Sie war jetzt wie von Sinnen. Und Matthias gab sie sich vollkommen hin.

Er stellte sich dicht hinter sie und berührte sie zärtlich im Nacken. Dann drückte er ihren Oberkörper behutsam nach vorne. Isabelle beugte sich vor. Mit ihren Unterarmen stützte sich auf das Pult. Sanft schob er seine Hand unter ihr Kleid. Langsam zog er ihren Slip aus. Isabelle ließ es einfach geschehen. Sie war wie willenlos.

Kapitel 14

[=> Altmaier]

Nach ihrer Tür-Entdeckung im Lehrertrakt und ihrem Verdacht, dass Matthias Holtkamp am Abend der Abschlussfeier nicht nach Hause, sondern zu Isabelle Sandner in den Chemieraum gegangen war, wollten Altmaier und Hartmann den Sportlehrer nicht noch einmal in der Schule vernehmen. Sie wollten in einer Pizzeria in Innenstadtnähe eine Mittagspause einlegen, um Holtkamp dann nachmittags an seiner Wohnadresse aufzusuchen. Nach den Informationen der Schulleitung sollte der außerordentliche pädagogische Arbeitstag des Kollegiums um 13 Uhr beendet sein. Jetzt war es 12.30 Uhr. Da bot sich eine Mittagspause mit warmer Mahlzeit durchaus an.

Um 13.30 Uhr saßen die Kommissare wieder in Altmaiers Mercedes. Der Sommer hatte sich diesen Tag nun vollständig zurückerobert. Die Temperatur lag jetzt schätzungsweise bei 25

Grad. Der Wind sorgte zwischendurch für eine angenehme Brise.

Der Weg zu Holtkamps Wohnadresse, die sich in einem gutbürgerlichen Vorort befand, führte sie direkt durch die grüne Lunge der Stadt, den Dahler Bruch, der sich am nördlichen Stadtrand befand. Der Vorort bestand aus einem historischen Ortskern und mehreren, umliegenden Neubaugebieten. In einem dieser Neubaugebiete stand auch das Haus der Holtkamps: ein großer, moderner Klinkerbau im Landhausstil mit weißen Sprossenfenstern. Altmaier schätzte das Alter des Hauses auf ein, maximal zwei Jahre.

„Meine Güte. Was für eine Hütte! Die scheinen ja ordentlich Kohle zu haben." Auch Hartmann staunte nicht schlecht.

„Tja, Michael, da kannst du mal sehen. Was soll man dazu sagen? Zwei Lehrergehälter. Vormittags recht und nachmittags frei. Da braucht man auch ein schickes Ambiente, wenn man ab 14 Uhr auf der Couch liegt." Sie lachten und stiegen aus dem Auto.

Nach dem Klingeln dauerte es eine ganze Weile, bis geöffnet wurde. Vor ihnen stand eine groß gewachsene, schlanke Frau mit langen, blonden Haaren und einer relativ breiten Schulterpartie, wie man sie häufiger bei Profi-Schwimmerinnen sah. Ihre Haare waren zum Pferdeschwanz zusammengebunden. Ihr Gesicht hatte tendenziell eher maskuline Züge. Auffallend waren ihre große Nase und ihr im Vergleich dazu sehr kleiner Mund. Sie sah die beiden Kommissare fragend an.

„Frau Holtkamp?"

„Ja?" Ihr immer noch fragender Blick verriet, dass sie offenbar nicht wusste, wer die beiden Männer waren, die vor ihr standen.

„Mein Name ist Stefan Altmaier. Das ist mein Kollege Michael Hartmann. Wir sind von der Kriminalpolizei und ermitteln im Fall Ihrer verstorbenen Kollegin Isabelle Sandner."

Carolin Holtkamps fragender Blick verwandelte sich unmittelbar in einen schockierten. Mit der rechten Hand fasste sie sich an den linken Arm und nahm so eine Art

Schutzhaltung ein. Altmaier konnte die Ursache nicht recht deuten. War sie nur schockiert darüber, dass die beiden Kommissare vor ihrer Haustür standen oder lagen die Gründe dafür tiefer?

Da Carolin Holtkamp auf seine letzte Aussage nicht reagiert hatte, setzte Altmaier fort: „Wir würden gerne mit ihrem Mann Matthias sprechen. Ist er zu Hause?"

Carolin Holtkamp schluckte. „Ja, er ist da. Kommen Sie doch herein. Er ist oben. Ich hole ihn."

Altmaier und Hartmann traten in einen weitläufigen, offenen Wohnbereich, der mit weißen, modernen Möbeln eingerichtet war. Es war angenehm kühl. Der Parkettboden aus Eichenholz bildete einen perfekt abgestimmten Kontrast zur Einrichtung. Zur rechten Seite lag die auf Hochglanz polierte Küche mit großer, moderner Kücheninsel in der Mitte. Im hinteren Bereich des Raumes befand sich eine großzügig geschnittene Couchlandschaft. Diese stand vor der geschätzt zehn Meter langen, bodentiefen

Fensterfront, die den Blick auf einen noch recht spärlich bewachsenen, aber für ein Neubaugebiet sehr großen Garten offenbarte. Die Sonne, die jetzt im Süden stand, hüllte den Wohnbereich um die Couchgarnitur in ein angenehm helles Licht.

Zur linken Hand befanden sich mehrere Türen und ein offener Treppenaufgang, der ins Obergeschoss führte. Etwas weiter in den Raum hinein stand ein überdimensionaler Esstisch mit insgesamt acht cognacfarbenen Lederschwingsesseln, deren Geruch verriet, dass ihre Anschaffung noch nicht lange zurücklag. Die Türen und der Essbereich lagen zu dieser Tageszeit noch komplett im Schatten. Die zahlreichen, duftenden Sommerblumen und Accessoires, die in allen Ecken des Raumes zu finden waren, verrieten, dass die Bewohner des Hauses ein Händchen für Dekoration und Innengestaltung hatten. Der Eindruck des kostspieligen Landhauses, den Altmaier und Hartmann bereits von außen hatten, spiegelte sich auch im Innenbereich wider. Hier war richtig viel Geld investiert worden.

Carolin Holtkamp kam recht zügigen Schrittes die Treppe herunter. „Matthias kommt jetzt. Nehmen Sie doch Platz." Sie deutete auf die Lederschwingsessel. „Darf ich Ihnen etwas zu trinken anbieten?"

Altmaier bedankte sich höflich. „Danke, Frau Holtkamp, aber das ist nicht nötig."

Carolin Holtkamp nickte und entschuldigte sich dann. Sie müsse noch im Garten Hand anlegen. Dann verschwand sie durch eine der Türen. Altmaier und Hartmann setzten sich an den Esszimmertisch und warteten. Es dauerte ganze fünf Minuten, bis sie Matthias Holtkamps Schritte auf der Treppe hörten.

Er trug noch immer dasselbe schwarze Sportshirt wie am Vormittag in der Sporthalle. Auch seine Laune schien ähnlich „gut" zu sein. „Meine Herren, Sie schon wieder ... ich dachte, ich hätte Ihnen eben schon alles gesagt. Aber wie ich sehe, haben Sie es sich immerhin schon bequem gemacht." Er setzte sich mit einigem Abstand zu den beiden an den Tisch.

Altmaier fragte sich, wie dieser Kotzbrocken überhaupt an seine Frau gekommen war, geschweige denn an seine Geliebte. Er hatte sich aber auch dieses Mal vorgenommen, durchgehend freundlich zu bleiben und lächelte - trotz der barschen Begrüßung durch den Sportlehrer. „Ja, so schnell sieht man sich wieder, Herr Holtkamp. Vielleicht ist doch noch nicht alles gesagt."

Altmaier hatte sich mit Hartmann beim Mittagessen gemeinsam eine Frage-Taktik überlegt, wie sie vorgehen wollten. Sie hatten nicht viel in der Hand: die Aussage von Stefanie Allmann und ihre Vermutung, dass Holtkamp durch den Lehrertrakt über den Brunnenhof zu Isabelle Sandner in den Chemieraum gelangt war. Sie mussten also pokern und hoffen, dass Holtkamp darauf hereinfiel.

„Ach ja? Da bin ich ja mal gespannt ..." Holtkamp schaute verächtlich.

Hartmann setzte ein. „Herr Holtkamp, wo waren Sie am Freitag um kurz vor 22 Uhr?"

„Um kurz vor 22 Uhr? Nun, ich hatte keine Stechuhr dabei, aber ich denke, da stand ich entweder noch vor dem Sektstand mit den Kollegen oder ich bin schon auf dem Weg nach Hause gewesen – mit dem Fahrrad."

„Und Sie sind direkt vom Sektstand zu Ihrem Fahrrad? Wo stand das? Auf dem Lehrerparkplatz?"

„Zweimal ‚nein‘. Erst war ich noch im Lehrerzimmer und habe meine Jacke geholt. Mein Fahrrad stand in der Nähe des Lehrerparkplatzes hinter ein paar Sträuchern. Von da aus bin ich los."

„Haben Sie jemanden gesehen, als Sie gefahren sind?"

Holtkamp dachte nach. „Ja, diesen Schülervater, diesen Grubert, den Spinner. Der fuhr mit gefühlt hundert Sachen durch den Weinertzweg in Richtung Lehrerparkplatz." Altmaier schaute Hartmann fragend an. Der schaute verdutzt.

„Und dann sind Sie nach Hause zu Ihrer Frau?"

„Ja, genau." Matthias Holtkamp log. Nach der Aussage des stellvertretenden Schulleiters konnte Carolin Holtkamp zu diesem Zeitpunkt noch gar nicht zu Hause gewesen sein.

Hartmanns Part war getan. Nun sollte Altmaier den Druck erhöhen. „Und auf welchem Weg sind Sie vom Lehrertrakt zum Lehrerparkplatz gelangt?"

Holtkamp zögerte einen Moment. Man konnte ihm förmlich ansehen, wie intensiv er nachdachte. Dann kam aber die für Altmaier überraschende Antwort: „Über den Brunnenhof. Das ist der kürzeste Weg zum Lehrerparkplatz." Altmaier wusste, dass er nur einen Versuch hatte, der sitzen musste. Deshalb tastete er sich vorsichtig vor. „Sie sind also direkt vom Lehrertrakt über den Brunnenhof zum Lehrerparkplatz gegangen?"

„Ja!"

Altmaier lächelte vielsagend. „Das ist interessant, Herr Holtkamp. Das ist sehr interessant sogar. Sie sind nämlich gesehen worden. Aber nicht, wie Sie *direkt* vom Lehrertrakt Richtung Lehrerparkplatz gegangen sind, sondern wie Sie *direkt* vom Lehrertrakt durch die Noteingangstür in Richtung Chemieraum gelaufen sind." Es war ein Bluff.

Holtkamps Gesichtszüge entglitten ihm. Er fasste sich nervös an seine rechte Schläfe. „Treffer versenkt." Altmaier freute sich im Stillen. Er ließ Holtkamp jetzt keine Luft. „Nun Herr Holtkamp, nachdem wir diese Lüge gerade aufgeklärt haben, kommen wir doch gleich zu Ihrer Lüge vom heutigen Vormittag. Sie haben ausgesagt, dass Sie Frau Sandner am Freitag angeblich nur kurz am Vormittag beziehungsweise vor dem Sektstand gesehen haben. Sie waren am Freitagabend aber bei Frau Sandner im Chemieraum! Was ist am Freitag zwischen Ihnen und Frau Sandner vorgefallen?

Holtkamp schwitzte. Die Schweißperlen ploppten deutlich sichtbar auf seiner Stirn auf.

Er rutschte nervös von einer Pobacke auf die andere. „Ich ... ich ... war nur kurz bei Isabelle ... äh ... Frau Sandner."

„Was haben Sie dort gemacht?"

„Ich habe mit ihrem Tod nichts zu tun!"

„Das war nicht meine Frage. Was haben Sie dort gemacht?"

„Ich wollte ihr nur gratulieren ... zu ihrer Beförderung. Wir haben nur nett gesprochen – ehrlich!"

„Gesprochen? Soso ... gesprochen. Ein netter Plausch unter Kollegen, nehme ich an? Und das, obwohl Sie über Monate eine Affäre mit Frau Sandner hatten und diese ein so unschönes Ende fand? Toll!" Altmaier machte eine kurze Pause und blickte Holtkamp intensiv in die Augen. „Sie haben am Freitagabend ‚nett' mit Frau Sandner gesprochen, obwohl Sie in den letzten acht Wochen davor, nachdem Frau Sandner mit Ihnen Schluss gemacht hatte, kein Wort mehr miteinander gesprochen haben?!"

Der Hüne Holtkamp war in sich zusammengesunken. Ein zwei Meter langes

Häufchen Elend. Altmaier merkte, dass sein Widerstand jeden Moment gebrochen sein musste.

Und so war es. Holtkamp antwortete mit ruhiger, fast schon gebrochener Stimme. „Sie haben recht. Wir haben nicht nur nett gesprochen. Wir sind uns am Freitagabend auch nähergekommen."

„Was heißt das genau?" Holtkamp antwortete nicht. Altmaier setzte nach. „Herr Holtkamp, was heißt das genau? Sind Sie intim geworden?"

Holtkamp blickte an Altmaier vorbei in den Garten, wo seine Frau gerade dabei war, ein Blumenbeet zu wässern. Es vergingen ein paar Sekunden der Stille. Tränen schossen ihm in die Augen. „Ja. Ja, sind wir. Ich habe sie geliebt."

„Weiß Ihre Frau davon?"

„Nein. Und sie soll es auch nicht erfahren!"

„Herr Holtkamp, Ihr Privatleben ist Ihre Sache. Auch Ihr Gewissen gegenüber Ihrer Frau ist letztlich Ihre Sache. Dass ich so ein Verhalten schäbig und widerlich finde, steht auf einem anderen Blatt. Aber hier geht es um die Ermittlungen in einem Mordfall. Um potenzielle Mitwisserschaft."

Holtkamp schwieg. War das Reue in seinen Augen? Altmaier hatte kein Mitleid mit dem Kerl. Er ließ nicht locker. „Beantworten Sie mir eine Frage: Sie hatten über lange Zeit eine sehr intensive Beziehung zu Frau Sandner. Die Anziehung zwischen Ihnen beiden sollte immens gewesen sein ... Warum dann die K.O.-Tropfen?"

Holtkamp blickte auf. „K.O.-Tropfen?! Welche K.O.-Tropfen? Ich weiß nicht, wovon Sie sprechen."

„Die K.O.-Tropfen, die Sie Frau Sandner verabreicht haben. Warum? Um Sie gefügig zu machen? Hatten Sie Angst, dass Sie Ihnen einen Korb gibt? Dass Sie nach den acht Wochen Funkstille nicht mehr ran dürfen?"

„Herr Kommissar, ich weiß nicht, wovon Sie sprechen."

„Herr Holtkamp, hören Sie auf! Diese Schauspieleinlage nimmt Ihnen kein Richter dieser Welt ab."

Holtkamp blickte Altmaier verständnislos an. Sein Tonfall wurde jetzt deutlich rauer „Ich sag's noch mal: Ich weiß nicht, wovon Sie sprechen!"

„Von den K.O.-Tropfen, die Sie Frau Sandner in den Sekt gekippt haben. In einer Dosis, die einen Elefanten getötet hätte!" Auch Altmaiers Stimme wurde nun bestimmter.

„Ich schwöre Ihnen: Ich habe ihr nichts ins Glas gekippt. Ich habe K.O.-Tropfen noch nie gesehen, sie in der Hand gehabt oder irgendjemandem ins Glas gekippt – schon gar nicht Isabelle. Wir hatten noch nicht mal Sektgläser!"

Altmaier schaute Holtkamp eindringlich an, aber aus seinem Gesichtsausdruck wurde er nicht schlauer. Log der Kerl schon wieder? Konnte man ihm überhaupt irgendetwas glauben? Oder sagte er dieses Mal die Wahrheit?

Kapitel 15

[=> Altmaier]

Nachdem sie das Haus verlassen hatten, entfernten sie sich einige Meter von der Einfahrt. An einem jungen Ahorn, der ein wenig Schatten spendete, blieben sie stehen. Hartmann schaute seinen Kollegen fragend an: „Und? Was ist deine Einschätzung? War er's?"

Altmaier schaute erst nach links und dann nach rechts, um sicher zu gehen, dass keine Nachbarn und Passanten mithörten. Da niemand zu sehen war, sprach er ganz offen. „Na ja, wir könnten sprichwörtlich in Sachen Holtkamp sagen ‚Il bugiardo conosciuto, da nessuno è mai creduto'."

Hartmann blickte ihn fragend an. „Was?!"

„‚Wer einmal lügt, dem glaubt man nicht, und wenn er auch die Wahrheit spricht.' VHS-Kurs ‚Italienisch für Fortgeschrittene', Lektion 7. Kann ich nur empfehlen. Solltest auch mal was für deine eingerosteten Zellen tun." Hartmann verdrehte die Augen. Altmaier kam wieder zur

Sache. „Aber vielleicht müssen wir das mit Holtkamp differenzierter sehen. Wir wissen natürlich nicht, welche Form der Kommunikation Sandner und Holtkamp in den letzten acht Wochen nach dem Ende ihrer Affäre tatsächlich betrieben haben, aber es wäre nicht die erste ‚romantische Liebesgeschichte‘, die einen tragischen letzten Akt gefunden hätte. Wir müssen auch bei ihm noch einmal im Präsidium nachhorchen, ob es irgendwas in Sachen krimineller Vorgeschichte gibt.“

„Da hast du recht. Was ist mit Grubert? Den hat Holtkamp eben ja auch wieder ins Spiel gebracht.“

„Ich dachte, den hättest du längst überprüft am Wochenende?“

„Ich war da, ja. Aber durch sein Alibi sah ich für weitere Nachforschungen erstmal keine weitere Veranlassung.“

Altmaier atmete tief durch. Was war bloß mit Hartmann los? Der arbeitete doch sonst nicht so schludrig und unprofessionell. Aber da er Hartmann am Samstag für seinen privaten

Ausflug nach Ostwestfalen hatte sitzen lassen, wollte er in diesem Moment einen Konflikt unter Kollegen vermeiden und schluckte seinen Missmut runter. „Ja, Michael, den dann auch abchecken."

„Alles klar, ich rufe direkt durch."

Während sich Hartmann zum Telefonieren unter einen anderen jungen Ahorn stellte, dachte Altmaier noch einmal über den Besuch bei Familie Holtkamp nach. Dass Altmaier und Hartmann Matthias Holtkamp am Ende noch die Vorladung ins Präsidium zur Abnahme von Fingerabdrücken und DNA-Probe reingewürgt hatten, passte dem Sportlehrer ganz und gar nicht. Aber auf psychologischer Ebene war es letztlich auch nur ein nachvollziehbares Verhalten. DNA und Fingerabdrücke führten mutmaßlich sicherlich nicht zu seiner Entlastung in diesem Mordfall. Im Nachhinein kam Altmaier aber auch das Verhalten von Carolin Holtkamp merkwürdig vor. Nach dem ersten Schock an der Haustür wirkte sie vergleichsweise ruhig. Sie schien gar nicht groß in Frage zu stellen, warum ihr Ehemann von zwei Kommissaren der Mordkommission verhört wurde. Während ihr Ehemann am Esszimmertisch befragt wurde, ging sie draußen offenbar völlig unbeeindruckt ihrer Gartenroutine nach, ohne auch nur einmal nach drinnen zu schauen. War sie vielleicht gar nicht so unwissend? Wusste sie doch mehr als Matthias Holtkamp den Kommissaren vermitteln wollte?

Nach ein paar Minuten kam Hartmann zurück. „Also, Stefan, es gibt Neuigkeiten. Holtkamp ist bislang nicht aufgefallen: keinerlei Vorstrafen, Einträge oder Ähnliches und ein lupenreines polizeiliches Führungszeugnis. Dafür gibt es was Neues zu Grubert. Der hat schon in der Jugend einige Begegnungen mit Polizei und Justiz gehabt: kleinere Diebstähle, Alkohol am Steuer, mehrfache Raserei, leichte bis mittelschwere Körperverletzungen. Das setzte sich fort in seinen 20ern, in schöner Regelmäßigkeit übrigens. In den letzten sechs Jahren gab es keine Einträge. Aber jetzt kommt es: Am Freitagabend um 22.27 Uhr ist er mit Tempo 76 in einer 50er Zone geblitzt worden – drei Straßenzüge von der Bischöflichen Franziskus-Gesamtschule entfernt."

Altmaier staunte nicht schlecht. „Olalla. Freitagabend, 22.27 Uhr? Das heißt, das Alibi, das ihm Frau und Tochter für den weiteren Abend nach der Abschlussfeier gegeben haben, ist hinfällig?"

„So, sieht es aus."

„Sieh mal einer an. Es wird spannend. Der Nächste in der Verlosung."

Kapitel 16

[=> Altmaier]

Nach der Info aus dem Präsidium machten sich die beiden Kommissare direkt auf den Weg in Richtung Südstadt. Nachdem Sie den gutbürgerlichen Vorort im Norden der Großstadt und die Innenstadt hinter sich gelassen hatten, lenkte Altmaier sein Mercedes Coupé vorbei an zahlreichen Hochhäusern und mehrstöckigen Wohnhäusern. Es war deutlich spürbar, dass die Nord-Süd-Achse einherging mit einer Verschlechterung des sozialen Umfeldes. Nach einer großen, dreispurigen Verkehrskreuzung sagte Hartmann plötzlich: „Die nächste Straße rechts, dann noch hundert Meter geradeaus und dann links in die Hofeinfahrt. Das Haus ist gelb, der Putz bröckelt ab. Kannst du gar nicht verfehlen."

Und so war es auch. Zwar bröckelten auch die Fassaden an den Nachbarbauten, aber das Zwölf-Parteien-Haus, in dem die Gruberts wohnten, war das einzige gelb verputzte Haus weit und breit. Da kein Parkplatz auf der Durchgangsstraße zu finden war, lenkte Altmaier seinen Wagen direkt in die Hofeinfahrt, die auch die Einfahrt zu mehreren Garagen darstellte.

Altmaier schaute sich um. „Kaum zu glauben, dass eine kirchliche Privatschule, die sich ja angeblich ihre Schüler aussuchen kann, freiwillig Leute aus einem sozialen Brennpunkt aufnimmt. Wie ist das zu erklären?"

Hartmann nickte zustimmend. „Ja, das habe ich mich auch gefragt. Aber es gehört wohl auch zur Philosophie kirchlicher Privatschulen, dass sie Kindern aus sozial schwierigeren Verhältnissen eine Perspektive bieten."

„Das spricht für sie." Die beiden stiegen aus dem Wagen. Die Nachmittagssonne stand bereits merklich tiefer. Die großen Pappeln, die die Straße säumten, warfen lange Schatten in den Hofbereich. Obwohl die Sonne weniger intensiv war als zur Mittagszeit, waren die Temperaturen immer noch auf einem ähnlich hohen Niveau. Inmitten der mehrstöckigen

Bauten schien die Luft jedoch zu stehen. Und auch der aufgeheizte Asphalt sorgte dafür, dass es gefühlt wärmer war als noch vor ein paar Stunden.

Hartmann ging ein paar Meter voran. Dann drehte er sich um und trat ganz nah an seinen Kollegen heran: „Da ist der Typ. Schraubt im Hof an seiner Karre rum." Sie gingen weiter in den Hof. Dann sah auch Altmaier den Schülervater von hinten.

Grubert hockte vor seinem schwarzen, tiefergelegten Opel Astra Kombi. Das Modell schien älteren Baujahrs zu sein. Die Reifen und blankpolierten, sternförmigen Felgen wirkten vollkommen überdimensioniert für dieses Auto. Grubert polierte gerade die Seitentür mit einem Tuch. Er trug ein grau-meliertes T-Shirt, das von hinten einige Schweißflecken aufwies und eine ausgewaschene, schwarze Jeans, die viel zu tief hing und so unschöne Einblicke gewährte. Er hatte Altmaier und Hartmann nicht kommen hören.

Hartmann eröffnete das Gespräch: „Herr Grubert! Da müssen wir ja gar nicht klingeln."

Grubert fuhr herum und schaute die beiden Kommissare misstrauisch an. So oder so ähnlich hatte ihn sich Altmaier vorgestellt. Grubert hatte kurz geschorene, schwarze Haare. Seine Gesichtshaut war ebenso ungepflegt wie seine Zahnpartie. Nicht zu übersehen war seine markante Hakennase. Sein untersetzter Körperbau bei einer geschätzten Körpergröße von 1,70 Meter deutete auf eine ungesunde Lebensweise hin.

In dem Moment, als er Hartmann erkannte, verfinsterte sich seine Miene. „Du? Was willst du denn schon wieder hier? Wir haben doch am Samstag schon gesprochen. Und warum dieses Mal im Doppelpack? Schiss gehabt ... so ganz allein in dieser Gegend?"

Hartmann ging nicht auf die Provokation ein. „Das ist mein Kollege Altmaier. Herr Grubert, es gibt noch Gesprächsbedarf."

„Ach ja? Und warum?!"

„Sie haben mir am Samstag offenbar nicht alles gesagt. Wo waren Sie denn am Samstag um 22.27 Uhr?"

Grubert machte einen Schritt nach vorn in Richtung Hartmann. Der blieb einfach stehen.

„Das habe ich dir doch schon gesagt: Oben bei meiner Frau und meiner Tochter. Da haste wohl nicht richtig aufgepasst."

„Sie waren also oben bei Ihrer Frau und Ihrer Tochter. Wie kann es dann sein, dass Sie zeitgleich um 22.27 Uhr mit diesem Wagen hier in der Bismarckstraße, vier Straßen entfernt von der Bischöflichen Franziskus-Gesamtschule mit Tempo 76 in einer 50er-Zone geblitzt wurden?"

Grubert zuckte kurz mit den Augenwinkeln.

„Stimmt nicht! Ist ne Lüge!"

„Das Blitzerfoto sagt etwas anderes."

Grubert wich Hartmanns Blick aus. Er blickte nach links und rechts, sondierte offenbar die Umgebung.

„Was hat er vor?" fragte sich Altmaier. „Will der abhauen?" Aber selbst, wenn Grubert einen Moment lang diesen Impuls gehabt haben sollte, er blieb stehen.

„Ja, dann war ich da eben noch mal kurz unterwegs. Aber nur kurz. Dann war ich wieder hier."

„'Eben noch mal kurz unterwegs', aha. Und das wussten Sie am Samstag nicht mehr? Wo waren Sie denn ,eben noch mal kurz', Herr Grubert?"

„Ich war noch mal kurz an der Schule ... hatte was vergessen. Aber nicht lang. Dann war ich wieder weg." Grubert stotterte ein wenig, wirkte plötzlich nervös.

„Sie hatten was vergessen? Interessant. Was denn?"

„Meinen ... meinen Fahrradhelm ... in der Aula." Hartmann bohrte. Altmaier fragte sich, ob diese Butterbirne überhaupt einen Fahrradhelm besaß.

„Sie haben Ihren Fahrradhelm in der Aula vergessen? Und Sie haben bei Ihrer Rückfahrt von der Abschlussfeier mit dem

Fahrrad nicht gemerkt, dass Sie keinen Helm auf hatten?

„Nein."

„Und Ihre Frau und Ihre Tochter auch nicht?"

„Nein. Deshalb bin ich ja noch mal gefahren!"

Altmaier musste grinsen. Die Geschichte war absolut unglaubwürdig. Er glaubte Grubert kein Wort, überließ Hartmann aber weiterhin den Fragepart. „Und? Haben Sie Ihren Fahrradhelm in der Aula gefunden?"

„Leider nein. Den hatte wohl schon jemand weg getan."

„Herr Grubert, Ihre Story ist absurd! Sie lügen! Warum sind Sie am Freitagabend noch einmal zur Schule gefahren?!" Grubert schwieg. „Grubert! Warum sind Sie zur Schule gefahren?" Grubert sagte kein Wort.

Altmaier hatte das Gefühl, seinen Kollegen bremsen zu müssen. Das war nicht der richtige Zeitpunkt und schon gar nicht der richtige Ort, um den Schülervater in die Enge zu treiben. Er übernahm das Wort.

„Herr Grubert, ist Ihnen beim Weg zur beziehungsweise auf dem Rückweg von der Schule jemand begegnet?"

Hartmann schaute seinen Kollegen verständnislos an. „Äh … Stefan?" Er konnte nicht nachvollziehen, warum Altmaier Grubert aus der Zange ließ. Altmaier ignorierte Hartmanns Einwurf.

Aber sein Impuls hatte Erfolg. Grubert begann wieder zu reden. „Auf dem Hinweg habe ich nur eine Person gesehen: diesen arroganten Sportlehrer. Ich meine, Holtkamp heißt der. Der Typ mit den langen, blonden Lössen. Der schob sein Fahrrad über den Weinertzweg. Scheiße sah der aus. Voll abgekämpft. Sonst war da keiner. Auf dem Parkplatz nicht und auch in der Aula nicht."

„Wie lange waren Sie in der Schule?"

„Kurz. Keine Ahnung. Fünf Minuten? Zehn Minuten?"

„Und auf dem Rückweg? Irgendjemanden gesehen?"

„Ja. Es dämmerte zwar schon, aber drei Personen habe ich gesehen. Auf dem Weg von der Schule zum Lehrerparkplatz war diese bekloppte Deutsch-Lehrerin, die meiner Tochter in der 8. ne 5 reingedrückt hat. Die lief von ihrem Garten über den Parkplatz nach vorne in Richtung Haupteingang.

Altmaier machte große Augen. „Frau Wagner haben Sie gesehen?"

„Ja, genau. So heißt die Alte."

„Hat Frau Wagner Sie auch gesehen?"

„Nee. Die hat nix und niemanden gesehen. Starrte nur nach vorne. Sah wütend aus." Altmaier schaute zu Hartmann. Auch der konnte kaum glauben, was er hörte.

„Und wer waren die anderen beiden, die Sie gesehen haben?"

„Ja, das war krass. Da war ich fast schon im Auto, dann hörte ich das Gezicke. Eine Einfahrt neben dem Haus von der Wagner. Ich bin an den Zaun vom Lehrerparkplatz. Ich stand hinter ner Hecke und hab's mir live gegeben. Krasse Szene echt!"

„Was für ein Gezicke, Herr Grubert?"

„Ich hab gehört, wie sich zwei angeschrien haben. Nein. Eine hat geschrien. Der Zweite hat nix raus gekriegt. Ich dachte, die Alte vermöbelt den Kerl! ‚Du dummes Arschloch! Du schwanzgesteuerter Vollidiot! Wieso hast du dich wieder auf die Schlampe eingelassen? … Du kriegst ein Kind, du dumme Sau! Ich habe dich gewarnt: Lass deine Hose zu! Lass die Finger von der Schlampe! Sonst passiert was!' Heftig war das. Ich sag's Ihnen. Die hat schlimmer gezickt als meine Frau." Grubert lachte höhnisch. Dabei zeigte er seine ungepflegte Kauleiste. Altmaier musste kurz angewidert wegschauen.

„Kannten Sie die?"

„Ja, klar. Das war ja noch besser! Das war der Holtkamp mit seiner Alten in der Einfahrt. Ich hab' gedacht ich seh' nicht richtig. Wollte erst nen Video für meine Tochter drehen."

Altmaier schaute zu Hartmann. Dem blieb der Mund offen stehen. Es dauerte ein paar

Sekunden, bis er sich wieder gefangen hatte.

„Und dann? Wie ging das ‚Gespräch' weiter?"

„Ging nicht weiter. War das Ende. Der Holtkamp fuhr mit dem Fahrrad weg. Ich habe mich dann ins Auto gesetzt – zum Glück."

„Warum ‚zum Glück'?2

„Na, weil die Alte drei Sekunden später stinksauer über den Lehrerparkplatz lief. Und dann weiter in die Schule. Sah aus wie ne Bestie. Die hätte mich abgestochen – so wie die geguckt hat."

Kapitel 17

[=> Altmaier]

Nach einem Blick auf die Uhr entschieden sich Altmaier und Hartmann trotz des langen Tages noch einen Abstecher ins Polizeipräsidium zu machen. Das lag nur circa fünfzehn Autominuten von Gruberts Adresse entfernt.

Das Präsidium war in einem altehrwürdigen Gebäude untergebracht, das noch aus der Kaiserzeit stammte, als die Stadt noch zu den reichsten Städten des Landes zählte. In der damaligen Zeit musste es äußerst prunkvoll gewesen sein – ein Symbol der Stärke des damaligen Kaiserreichs und seiner Exekutive. In der Gegenwart wirkte es wie aus der Zeit gefallen, der vergangene wilhelminische Prunk ließ sich zwar noch erahnen, aber der Zahn der Zeit hatte seine Spuren hinterlassen. Sowohl von außen als auch von innen bröckelte der Putz an vielen Stellen von den Wänden. Es bestand ein riesiger Sanierungs- und Renovierungsstau im gesamten Gebäude. Doch angesichts leerer öffentlicher Kassen wurde - wenn überhaupt - nur das Nötigste gemacht. Seit bald einem Jahrzehnt wurde von öffentlicher Seite diskutiert, ob man das Polizeipräsidium an anderer Stelle nicht lieber vollkommen neu errichten sollte, statt Millionen in die Sanierung zu stecken.

Altmaier und Hartmann betraten das Gebäude durch den Haupteingang. Der Pförtner grüßte freundlich. Sie waren in den letzten Wochen mitunter eher seltene „Gäste" im Präsidium gewesen. Das Gebäude war zu dieser Stunde eher spärlich besetzt. Zwar war die Schichtbesetzung des Abends jetzt um 18 Uhr bereits im Haus. Alle anderen Mitarbeiter aber, die einem „normalen" Arbeitstag nachgingen, weil sie nicht im Streifen- oder Rufdienst eingesetzt wurden, waren um diese Zeit schon nicht mehr im Dienst. Die beiden Kommissare gingen über eine ausladende, üppige Steintreppe in den ersten Stock, wo sich ihr gemeinsames Büro ganz am Ende des weitläufigen Ganges befand.

In der Mitte ihres für heutige Verhältnisse sehr großen Büros befanden sich die mit Akten voll beladenen 80er-Jahre-Schreibtische der beiden Kommissare, die an den Kopfenden zusammengestellt waren. Die Schreibtischstühle standen sich direkt gegenüber. An den Aktenbergen und den Flachbildschirmen ihrer PCs vorbei konnten Altmaier und Hartmann so „face to face" auch bei der Schreibtischarbeit miteinander kommunizieren. Von der hohen Decke, die an einigen Stellen mit Stuck verziert war, hing ein staubiger Kronleuchter, der direkt über der Mitte der beiden Schreibtische platziert war. Die Wände waren recht kahl gehalten. An der Wand hinter Hartmanns Schreibtisch hing ein überdimensionaler Jahreskalender der Gewerkschaft der Polizei in NRW. Links und rechts der Eingangstür, die mittig in den Raum führte, befanden sich eine große Pinnwand mit allerlei Informationszetteln und Notizblättern beziehungsweise eine Stadtteilkarte der Großstadt im DIN-A0-Format. An der Wand hinter Altmaiers Schreibtisch hing das einzige Bild des Raumes: ein Kunstdruck, der die Piazza San Marco in Venedig mit Blick auf den Markusdom zeigte. Eine Hommage an Altmaiers Lieblingsland Italien.

Nach dem Betreten des Büros ließ sich Hartmann in seinen Stuhl fallen. Der lange Tag hatte ihn offensichtlich ordentlich geschafft. Die stickige Büroluft ohne ein offenes Fenster machte ihn nur noch müder. Altmaier musste schmunzeln. Die Konstitution seines gut zwanzig Jahre jüngeren Kollegen konnte mit seiner eigenen nicht im Ansatz mithalten.

„Michael, soll ich ein Sauerstoffzelt organisieren oder nimmst du dir die nächsten vier Tage eh wegen völliger körperlicher Erschöpfung frei?"

„Hör mir auf. Du hast gut reden. Siehst nicht nur aus wie ein verkappter Italiener, du hast wohl auch ein Anti-Hitze-Gen. Was meinst du zum Sandner-Fall? Sollen wir mal kurz den Stand der Dinge aufarbeiten, bevor wir uns zu Hause auf die Terrasse setzen?"

„Machen wir. Was sagst du zu Grubert?"

„Wenn du mich fragst: Der hat Dreck am Stecken. Die Story mit dem Fahrradhelm war doch ein Witz. Für wie blöd hält der uns?! Aber ob er der Mörder ist? Da will ich mich noch nicht festlegen. Nach dem DNA-Test wissen wir mehr." Altmaier und Hartmann hatten auch Grubert - so wie Matthias Holtkamp - am Ende ihres „Besuchs" für den nächsten Tag zur Abgabe von DNA-Probe und Fingerabdrücken ins Polizeipräsidium einbestellt.

„Und sein Motiv? Mord aufgrund der Nicht-Zulassung seiner Tochter für die Oberstufe? Dafür lebenslänglich zu riskieren … hmm. Wir sollten auch selbst noch einmal einen Blick in seine Akte werfen."

Durch die zwar langsam, aber stetig voranschreitende Digitalisierung der Polizei konnten beide über ihre PCs direkt einen Einblick in Gruberts kriminelle Vorgeschichte nehmen. Nach einigen Minuten sprach Hartmann das aus, was auch Altmaier im Kopf herumschwirrte: „Stefan, wenn du mich fragst, wenn einer über einen Mord wegen Nicht-Zulassung zur Oberstufe nachdenkt, dann so ein Typ wie Grubert. Der hat mit 28 einen ins Krankenhaus geprügelt, weil der seine Karre beim Ausparken getitscht hat. Irre!"

„Hmm. Das sehe ich ähnlich. Aber wie du schon gesagt hast, mal abwarten was DNA und Fingerabdrücke so zum Vorschein bringen. Womit wir dann auch bei Matthias Holtkamp wären. Der mag zwar ein lupenreines Führungszeugnis haben, aber dem traue ich nicht über den Weg. Der lügt doch, wenn er den Mund aufmacht. Und ein gekränktes Ego kann der nicht verkraften: Verstoßen von der Ex-Geliebten - K.O.-Tropfen als Rache – versehentliche Überdosis - und schon ist die Affäre tot."

„Aber die Wagner hat auch gelogen. Erzählt uns, nach dem Streit mit der Sandner wäre sie nach Hause gegangen und hätte das Haus angeblich nicht mehr verlassen. Den Gang zum Brunnenhof zur mutmaßlichen Tatzeit hat sie uns schön verschwiegen."

„Michael, vergiss nicht, die Info kam von Grubert."

„Grubert hat nur seine Beobachtungen beschrieben. Der wusste ja nicht, was die Wagner uns im Verhör erzählt hat."

„Stimmt auch wieder. Dann bliebe noch Carolin Holtkamp. Was weiß beziehungsweise was wusste sie über das Doppelleben ihres Mannes? Worum ging es im Streit mit Holtkamp in der Einfahrt? Ist sie tatsächlich danach wütend in die Schule gerannt? Die darf hier morgen auch zum Verhör im Präsidium antanzen."

Hartmann nickte. „Sei nett zu ihr. Schwangere sind hormongesteuert und können sehr emotional reagieren." Altmaier lachte und wollte sich schon verabschieden, um noch eine Joggingrunde im Stadtwald zu drehen, Hartmann war aber noch nicht fertig. „Stefan, was ist mit Weinert?"

„Weinert? Der Schulleiter? Wie kommst du auf den?"

„Der war der Letzte vor Ort. Kathrin Schmidt, die Englisch-LK-Schülerin, die Isabelle Sandner nicht zum Abitur zugelassen hatte, hat mir gegenüber auch sowas angedeutet."

„So? Was denn?"

„Der Weinert hätte der Sandner immer auf den Hintern und in den Ausschnitt geguckt."

Altmaier lachte. „Michael, das ist doch dummes Schülergerede. Solche Geschichten gab's auch schon zu unserer Zeit."

Hartmann ließ nicht locker. „Vielleicht. Aber in unseren Gesprächen hat der Weinert zum Teil auch eine echt seltsame Figur gemacht. Ich weiß nicht, ist so ein Gefühl."

„Nee, Michael. Das halte ich doch für sehr abwegig. Ich gehe mal lieber, bevor du mich gleich auch noch verdächtigst, weil ich zwölf Stunden später am Tatort war." Altmaier lachte, schnappte sich seine Autoschlüssel und verabschiedete sich von Hartmann.

Bei seinem Abgang musste er aber doch noch einmal über Hartmanns Weinert-Einwurf nachdenken. Im ersten Moment schien der

Gedanke für ihn absurd. Aber war Hartmanns Vermutung vielleicht doch nicht so abwegig? War da vielleicht doch was dran?

Kapitel 18

[Carolin Holtkamp, Kollegin des Opfers =>]

Ja. Ja, ich wusste es. Ich wusste, dass Matthias eine Affäre mit Isabelle Sandner hatte. Sehr früh sogar. Ich hatte so ein Gefühl. Vor sechs Monaten war das. Matthias, der seitdem wir uns kennen, immer so liebenswert und charmant zu mir war, hatte sich irgendwie verändert. Er wurde von Woche zu Woche abweisender mir gegenüber, war häufig cholerisch, regte sich über die kleinsten Dinge auf. Und ich hatte das Gefühl, er machte mich dafür verantwortlich, wenn etwas nicht lief.

„Beruhig dich, Carolin", habe ich mir gesagt, „das ist nur eine Phase. Ihr seid seit elf Jahren zusammen, seit sechs Jahren verheiratet. Ihr habt vor einem halben Jahr ein Haus gebaut. Der Bau war stressig. So Phasen gibt es in den besten Ehen. Es wird bald wieder besser werden."

Aber es wurde nicht besser. Im Gegenteil. Matthias schnitt mich regelrecht, traf sich ständig mit Freunden, kam immer später nach Hause. Nach ein paar Wochen war ich mir sicher, dass er eine Andere hatte. Aber ich wusste nicht, wen.

Nachts, als er tief und fest schlief, schnappte ich mir sein Handy. Mit dem Daumen seiner rechten Hand konnte ich es entsperren. In seinen WhatsApp-Nachrichten fand ich zunächst nichts. Doch beim genaueren Hinschauen konnte ich sehen, dass er täglich zig Nachrichten mit einer Person hin- und hergeschrieben hatte, die er unter „Daniel Schmitz" abgespeichert hatte. Ich habe alles gelesen in dieser Nacht. Einfach den kompletten Nachrichtenverlauf von „Daniel Schmitz". Schmutzige, dreckige, perverse Nachrichten haben sie sich hin- und hergeschrieben. Ich war vollkommen fertig. Ich war am Boden zerstört. Ich habe mir im Wohnzimmer die Augen aus dem Kopf geheult.

Am nächsten Morgen habe ich ihn zur Rede gestellt. Er hat gar nicht erst versucht, zu leugnen. Zu deutlich waren die Beweise. Und er hat alles zugegeben. Dass es Isabelle war. Dass es schon seit drei Monaten lief. Das muss man sich mal vorstellen! Gerade haben wir unser Haus gebaut und er hat nichts Besseres zu tun als mit der Nächstbesten in die Kiste zu hüpfen! Es sei nur sexuelle Anziehung gewesen. Mehr nicht. Er hat gebettelt. Er hat mich angefleht. Ich dürfe ihn nicht verlassen. Er wolle nur mich. Dass mit Isabelle sei nur ein Ausrutscher gewesen. Es würde nie wieder vorkommen.

Und naiv, wie ich war, glaubte ich ihm. Wir hatten uns ein Eheversprechen gegeben „In guten wie in schlechten Zeiten". Wir wollten nach dem Bau des Hauses eine Familie gründen. Ich wollte, ich musste ihm einfach glauben.

Danach wurde es zunächst für ein bis zwei Wochen wieder besser. Aber ich war eifersüchtig ... oh ja und wie. Ich war so eifersüchtig ... und ich ließ es ihn spüren. Ich verbot ihm, mit Isabelle zu sprechen. - Gar nicht so einfach, wenn man sich als Kollegen täglich in der Schule begegnet. Aber das war mir egal. - Ich war hysterisch, ich war ungerecht ...

manchmal schrie ich ihn einfach grundlos an. Und ich merkte, dass er sich dadurch emotional immer weiter von mir entfernte. Ich ahnte, dass ich ihn so wieder in ihre Arme treiben würde. Und ich spürte, dass es auch so war.

Dann fasste ich einen wahnsinnigen Entschluss: Ich wollte ihn für immer an mich binden. Ohne sein Wissen setzte ich die Pille ab ... Und das war wohl Schicksal: Gleich mit dem ersten Zyklus wurde ich schwanger.

Als ich es Matthias sagte, war er zunächst schockiert. Dann wurde er wütend. Er war richtig sauer. Drei Tage lang sprach er kein Wort mit mir. Doch dann kam langsam, aber allmählich die Freude und sie wuchs von Tag zu Tag. Innerlich hatte ich darauf gesetzt, dass Matthias Verantwortung übernehmen würde. Dass er die Aussicht auf ein Leben als Familie nicht für eine billige Affäre wegwerfen würde.

Und ich schien mit meiner Einschätzung recht zu haben. Er gab sich Mühe. Matthias nahm sich Zeit für mich, er kümmerte sich um mich. Wir unternahmen wieder Dinge gemeinsam. Wir lachten wieder miteinander, konnten gemeinsam in die Zukunft schauen. In der Schule sah ich, wie sich Matthias und Isabelle aus dem Weg gingen. Die Affäre war vorbei. Da war ich mir ganz sicher. Das verriet allein schon der Blick in Isabelles Gesicht, die von dem Tag an, an dem ich Matthias von meiner Schwangerschaft erzählt hatte, einfach nur noch fertig aussah. Ich hatte gewonnen.

Dann kam der Abend der 10er-Abschlussfeier. Am Nachmittag ging es mir dermaßen schlecht wegen meiner Schwangerschaft, dass ich mich aufgrund von Übelkeit und Unwohlsein für die Zeugnisverleihung und die Abschlussfeier der 10er entschuldigen musste. Matthias, der auch im Jahrgang 10 unterrichtet, sollte allein dort hingehen. Als ich mich abends besser fühlte, kam mir der Gedanke, dass ich ihn gegen 22 Uhr von der Schule abholen könnte. So hätten wir - so wie früher nach einer Schulveranstaltung am Abend - gemeinsam mit dem Rad nach Hause fahren können. Ich bin dann entsprechend hier losgefahren.

An der Gesamtschule angekommen, bin ich durch den Hintereingang rein gegangen. Am Sektstand sagte man mir - ich meine, es war der kleine Chef, - dass Matthias kurz vorher schon gefahren ist. Ich war überrascht, dachte mir aber zuerst nichts dabei. Ich blieb dann noch ein paar Minuten bei den Kollegen stehen. Die erzählten mir von der Szene, als der Schülervater Isabelle so blöd von der Seite angemacht hatte. Dass sie daraufhin in den Naturwissenschaftstrakt geflüchtet sei. Auch da dachte ich mir noch nichts.

Ich fuhr dann einfach wieder nach Hause. Aber da war Matthias nicht. Er hätte schon längst wieder da sein müssen. Von der Gesamtschule bis zu unserem Haus sind es mit dem Fahrrad nur circa 15 Minuten Fahrtweg. Matthias ist deutlich schneller als ich mit dem Rad, er war eher gefahren und hätte demnach definitiv zu Hause sein müssen. An sein Handy ging er nicht. Erst da kam mir ein ungutes

Gefühl. Das Ganze war mir nicht geheuer. Irgendwie wusste ich, dass ihm nichts passiert sein konnte. Die Strecke ist flach und ungefährlich. Da kommt einem kaum ein Auto entgegen.

Im Sekundentakt schaute ich auf mein Handy. Aber es tat sich nichts. Matthias rief nicht zurück. Plötzlich poppte eine WhatsApp-Nachricht auf. Von Lisa Kurz, SoWi und Kunst-Kollegin bei uns an der Schule: „Carolin, ist alles in Ordnung bei euch? Matthias' teures Fahrrad liegt hier im Gebüsch vor dem Fahrradkeller. Der hat sich doch vor einer gefühlten Ewigkeit nach Hause verabschiedet. Ich erreiche ihn nicht."

Dann war mir sofort klar, dass es nur einen Grund dafür geben konnte: Er musste bei Isabelle sein. Der Gedanke daran zerriss mich innerlich, die Eifersucht, die ich über Wochen verdrängt hatte, stieg wieder in mir hoch.

Wütend und geladen bin ich wieder auf mein Fahrrad. In gefühlt unter zehn Minuten bog ich auf den Weinertzweg, die Straße, auf der die Zufahrt zum Lehrerparkplatz liegt. Das muss so circa kurz vor halb 11 gewesen sein. Schon aus der Distanz konnte ich ihn sehen. Fertig und zerzaust. Die Klamotten hingen auf halb acht. Mir war sofort klar, dass meine Vermutung richtig war. Matthias war vollkommen perplex, mich da zu sehen. Er brachte kein Wort heraus. An Ort und Stelle habe ich ihn zusammengefaltet. Die Ohrfeige, die ich ihm verpasst habe, muss er noch zwei Tage später gespürt haben. Ich habe ihm sowas von den Marsch geblasen. Er hatte mich schon wieder betrogen. Und er hat nicht einen Moment lang versucht, das Ganze abzustreiten.

Ich war so sauer. Ich war so geladen. Ich ließ Matthias einfach stehen. Mein Fahrrad schmiss ich in die Ecke. Dann rannte ich zur Schule. Die Alte musste auch ihr Fett wegkriegen. Die sollte dafür büßen, dass sie unsere Ehe kaputt gemacht hatte. Dass sie unsere Familie zerstört hatte. Dass unser Kind nun ohne Vater aufwachsen würde.

Kapitel 19

[=> Altmaier]

„Musste Isabelle Sandner ‚büßen'?" Altmaier schaute Carolin Holtkamp tief in die Augen. Es folgte ein langer Moment der Stille. Carolin Holtkamp dachte intensiv nach. Das konnte Altmaier ihr ansehen. Altmaier nannte diese Momente die „big points" während einer Ermittlung. Die nächsten Worte der Verhörten konnten das Ende der Ermittlungen bedeuten, die Lösung dieses Kriminalfalls. Er merkte, wie sich sein Magen vor Anspannung zusammenzog, obwohl er diesen Moment so viele Male zuvor schon erlebt hatte.

„Ich will nicht lügen," Carolin Holtkamp holte tief Luft „hätte ich die Gelegenheit gehabt … ich glaube ja. Ja, dann hätte sie büßen müssen. Dann hätte ich ihr im Zustand meiner Erregung womöglich den Kopf eingeschlagen." Altmaier musste schlucken, Hartmann schien ebenfalls schockiert zu sein. „Aber, Herr

Kommissar, ich hatte dazu nicht die Gelegenheit. Ich habe ihr nichts angetan."

Altmaier fand ihre Ehrlichkeit in gewisser Weise bemerkenswert. „Frau Holtkamp, lassen Sie uns den Verlauf noch einmal gemeinsam rekonstruieren. Sie sagten, Sie seien ‚sauer' und ‚geladen' ins Schulgebäude gelaufen. Wie ging es weiter?"

„Ich bin durch den Hintereingang in die Schule. Das Gebäude war wie leer gefegt. Keine Menschenseele war zu sehen. Aber überall standen noch leere Bierflaschen und Sektgläser herum. Auf dem Boden lag zum Teil Müll. Die Essens- und Getränkestände waren verlassen, aber alles war noch aufgebaut. Es war stickig, der Boden klebte. Die Tür zur Männertoilette stand offen. Es roch nach Urin.

Ich bin dann direkt in den naturwissenschaftlichen Trakt. Ich wusste ja von meinen Kollegen, wo Isabelle hin geflüchtet war. Ich war mir auch sicher, dass sie noch da war, das Nümmerchen mit Matthias konnte ja erst ein paar Minuten her sein. Da ich keinen

Schlüssel für den Raum habe, musste ich klopfen. Beim ersten Klopfen habe ich meine Wut noch gezügelt – sie sollte ja nicht merken, dass da jemand vor der Tür steht, der ihr an die Gurgel wollte. Aber es tat sich nichts.

Ich habe dann lauter geklopft. Die negativen Emotionen, die Wut, der Hass kamen zurück. Lauter, immer lauter. Es tat sich nichts. Ich schrie. Ich schrie so laut, dass mich die ganze Nachbarschaft gehört haben muss. Ich hämmerte mit meinen Fäusten gegen die Tür, Tränen schossen mir in die Augen. Vor der Tür sank ich in mich zusammen. Ein Heulkrampf. Ein Nervenzusammenbruch. Nichts tat sich. Die Tür blieb zu.

Nach einer gefühlten Ewigkeit konnte ich mich wieder etwas sammeln, mich aufrichten. Dann wollte ich nur noch weg. Verheult und völlig am Boden zerstört, stolperte ich über den Brunnenhof zum Lehrerparkplatz. Das muss ein grauenhaftes Bild gewesen sein. In der Nähe der Einfahrt, wo ich mit Matthias gestritten hatte, fand ich mein Fahrrad. An die Heimfahrt habe ich keinerlei Erinnerungen."

Altmaier nickte verständnisvoll. Er konnte ihre Reaktion nachvollziehen. Ihre Wut, ihre Emotionen in jenen Momenten, all das konnte er irgendwie verstehen. Er hatte Mitleid mit der Frau, die da mit gesenktem Kopf auf einem Stuhl in der Mitte von Altmaier und Hartmanns Büro saß. Entsprechend empathisch versuchte er auf sie einzugehen:

„Frau Holtkamp, bei all den Dingen, die Ihnen widerfahren sind, sollten Sie froh sein, dass sich diese Tür am Abend der Abschiedsfeier nicht für Sie geöffnet hat."

Tränen kullerten jetzt über Carolin Holtkamps Wangen. Mit einem Tempo versuchte sie diese wegzutupfen. „Ja, Sie haben recht", antwortete sie leise und schluchzend.

„Frau Holtkamp, wir müssen Ihnen noch eine Frage zu Ihrem Ehemann Matthias stellen. Ich weise Sie vorab aber ausdrücklich darauf hin, dass Sie als Ehefrau Ihren Ehemann nicht belasten müssen."

Carolin Holtkamp nickte. „Was für eine Frage, Herr Altmaier?"

„Frau Holtkamp, trauen Sie Ihrem Ehemann zu, Frau Sandner mit K.O.-Tropfen betäubt zu haben?" Altmaiers Blick ruhte während seiner Frage durchgehend auf Carolin Holtkamp. Die Frage schien sie nicht zu überraschen. Sie überlegte lange. Altmaier war sich nicht sicher, ob er eine Antwort auf seine Frage erhalten würde.

„Wissen Sie, ich kenne Matthias schon seit Jahren. Ich hätte mir in meinen schlimmsten Alpträumen nicht ausmalen können, dass sich unsere Ehe einmal so entwickeln würde, dass er sich charakterlich so entwickeln könnte. Im letzten Jahr habe ich Matthias von einer anderen Seite kennengelernt. Von einer schlechten, fiesen und dunklen Seite, die ich ihm nie zugetraut hätte. Er ist noch mein Ehemann, er ist der Vater meines ungeborenen Kindes. Wenn Sie mich fragen, ob ich ihm zutraue, seine Ex-Geliebte mit K.O.-Tropfen betäubt zu haben, muss ich Ihnen eine

Gegenfrage stellen: Warum sollte er das getan haben? Warum sollte er sie mit K.O.-Tropfen außer Gefecht gesetzt haben? Macht das Sinn? Ist das logisch? Matthias und Isabelle hatten über Monate eine Affäre. Warum sollte er das dann nötig haben?"

Altmaier wollte Carolin Holtkamp nicht das potenzielle Motiv präsentieren, das er und Hartmann vor Augen hatten. Daher tat er so, als hätte er Carolin Holtkamps Einwurf als rhetorische Frage verstanden. „Frau Holtkamp, Sie haben meine Frage nicht beantwortet: Trauen Sie Ihrem Ehemann Matthias zu, seine Ex-Geliebte mit K.O.-Tropfen außer Gefecht gesetzt zu haben?"

Wieder folgte ein langer Moment der Stille, bevor Carolin Holtkamp antwortete: „Um ehrlich zu sein, ich weiß es nicht. Aber ich würde meine Hand für Matthias nicht ins Feuer legen."

Kapitel 20

[=> Altmaier]

Carolin Holtkamp gab am Ende des Verhörs eine DNA-Probe sowie ihre Fingerabdrücke ab. Nach ihrem Verhör sahen Altmaier und Hartmann sie aber nicht mehr als eine Hauptverdächtige in diesem Mordfall. Sie schien glaubwürdig. Oder sie war eine verdammt gute Schauspielerin.

Nachmittags waren dann noch nacheinander Matthias Holtkamp und Grubert im Polizeipräsidium erschienen, um ihrerseits eine DNA-Probe und Fingerabdrücke zu hinterlassen. Jetzt hieß es Warten auf den Laborbefund und den Abgleich mit den Spuren vom Tatort.

Die beiden Kommissare hatten sich dazu entschieden, auf ein mögliches zweites Verhör von Beate Wagner, die nach Gruberts Aussagen ja offenbar auch gelogen hatte, zunächst zu verzichten. Sie wollten erst die Ergebnisse der Analysen von DNA und Fingerabdrücken abwarten. Dann würde Wagner mit ihrer

Falschaussage zu ihrem Aufenthaltsort am späteren Abend der Abschlussfeier gegebenenfalls noch einmal in den Fokus der Kommissare rücken. Die Ergebnisse der DNA- und Fingerabdruck-Analysen sollten aber erst am Nachmittag des Folgetages da sein. Altmaier und Hartmann vereinbarten, die Ermittlungen im Sandner-Fall erst dann weiter fortzuführen.

Altmaier nahm sich die verbleibenden Stunden bis dahin frei. Das war relativ einfach für ihn möglich. Er hatte Hunderte von Überstunden in den letzten Monaten angehäuft. Es war an der Zeit, sich ein paar davon zurückzuholen. Zumal die Kommissare von oberster Stelle dazu angehalten waren, die angehäuften Überstunden entsprechend abzufeiern, sofern es die zeitlichen Abläufe der Ermittlungen hergaben.

So verbrachte Altmaier den restlichen Nachmittag und den Abend in seiner Altbauwohnung: Zeitunglesen am Küchentisch, Espressotrinken auf dem sonnigen Südbalkon, Rigatoni al forno und ein Insalata Mista von der

Trattoria nebenan am Abend. Italienische Leichtigkeit an einem Werktag im deutschen Hochsommer. Das gefiel dem Italienfan Altmaier.

Am nächsten Morgen warf sich Altmaier nach einem kalorienbewussten Sportler-Frühstück bestehend aus schwarzem Kaffee und Früchte-Müsli in seine Joggingklamotten, schnürte seine Turnschuhe und fuhr mit dem Auto zum Stadtwald für eine Laufrunde im Grünen. Der Morgen verhieß einen warmen und trockenen Sommertag mit angenehmen Temperaturen.

Altmaier liebte diese Naturrunden, die er in letzter Zeit leider nur unregelmäßig drehte. Sie waren die beste Möglichkeit, den Kopf frei zu bekommen vom hektischen Leben in der Großstadt, vom Stress der Ermittlungsarbeiten, von den teils bedrückenden Mordfällen, die sie in ihrer Funktion zu bearbeiten und aufzuklären hatten. Zusätzlich hielten ihn diese Joggingrunden - und das war ein schöner

Nebeneffekt - fit und er fühlte sich danach wie ein neugeborener Mensch.

Seine heutige Route führte Altmaier vorbei an den um diese Uhrzeit menschenleeren Tennisplätzen und am großen Stadtwaldhaus mit Gastronomie, mitten hinein in das Grün des Stadtwaldes. Es war circa halb 10. Im Wald wehte ein angenehm-frisches Lüftchen, sogar einige Vögel zwitscherten hoch oben in den Bäumen des Mischwaldes. Hier konnte man noch Natur pur erleben. Seine Gedanken schweiften ab. Er dachte an seinen italienischen Traum: ein Ferienhaus in Apulien, an der Küste der Gargano-Halbinsel. Die perfekte Landschaft: ein Zusammenspiel aus bergigen Gebieten und Küstenabschnitten. Morgens ein Jogging-Lauf am Strand entlang, abends *la dolce vita* auf der eigenen Terrasse bei wunderbar mediterranen Temperaturen und einem Gläschen Rotwein.

Vereinzelt kamen Altmaier andere Jogger entgegen, Spaziergänger waren um diese Zeit noch nicht unterwegs. Hier mitten im Grün waren die Sorgen des Alltags kilometerweit entfernt.

Nach etwa einer Dreiviertelstunde und etwa zwei Drittel der Joggingrunde machte Altmaier eine Trinkpause. Es dauerte nicht lange und die Gedanken an den Sandner-Fall holten den Kommissar ein. Es war ein ungewöhnlicher Fall. Sonst waren Altmaier und Hartmann eher in anderen Milieus, im Schatten der Gesellschaft, unterwegs. Auftragsmorde im Rotlichtviertel, Blutrache in mafiösen Gefilden, das ganz „normale" Programm einer Mordkommission in einer Großstadt. Diese Fälle sorgten für eine kurze mediale Aufmerksamkeit, doch nach kurzer Zeit verstummten diese Schlagzeilen auch wieder. Die Gesellschaft schien dann lieber wieder die Augen vor den Angst einflößenden Vorgängen in diesen dunklen Schattenwelten zu verschließen.

Doch dieser Fall war anders. Ein Mordfall an einer Schule, an einer kirchlichen noch dazu, war ein besonderer Fall. Das war das Leben im Lichte der Gesellschaft. Altmaier mochte sich die

Schlagzeilen und das Medienecho nicht vorstellen, wenn herauskam, dass die Lehrerin Isabelle Sandner nicht - wie bisher öffentlich angenommen - eines natürlichen Todes gestorben, sondern umgebracht worden war. Doch die Aufklärung dieses Falles, der er und Hartmann jetzt ganz nah waren, das spürte er, würde genau eine solche Medienexplosion auslösen.

Altmaier machte sich auf das letzte Drittel seiner Laufrunde. Seine Beine waren heute gut. Er spekulierte, dass noch eine weitere Runde drin gewesen wäre. Aber er machte sich auf den Rückweg zu seinem Wagen, den er an den Tennisplätzen geparkt hatte.

Beim Blick aufs Handy sah er zwei Anrufe in Abwesenheit: Hartmann. Waren die Analyseergebnisse schon da? Konnte das sein? Es war doch erst kurz nach 11 Uhr. Als er den Rückruf-Button gedrückt hatte, merkte er wie seine Anspannung stieg. Einmal Klingeln, zwei Mal, drei Mal, nach dem vierten Mal Klingeln ging die Mailbox dran. Meine Güte! Musste das sein? Konnte der Kerl nicht einmal an sein Handy gehen?

Es dauerte keine halbe Minute, da rief Hartmann zurück. Altmaiers Aufregung war immens. Das lag ihm im Blut. Auch die Erfahrung jahrzehntelanger Polizeiarbeit hatte ihm diese Aufregung nicht genommen.

„Stefan?"

„Michael? Was gibt's? Du hast zwei Mal angerufen." Altmaiers Stimme überschlug sich fast.

„Ja, stimmt. Die Analyseergebnisse sind da. Sie waren doch deutlich schneller als angenommen." Hartmann klang nüchtern. Doch keine Lösung des Falles?

„Und?! Was ist dabei rausgekommen?"

„Willst du nicht erst ins Präsidium kommen?"

„Nein, raus mit der Sprache! Ich will's wissen – jetzt und hier." Altmaier hätte seinem Kollegen eine verpassen können. Der wusste ganz genau, dass Altmaier in diesen Situationen die personifizierte Anspannung verkörperte.

„Also gut. Wir haben drei Mal einen positiven Befund. Grubert hat offensichtlich gelogen. Vielleicht hat er irgendwas in der Schule gesucht, am Chemieraum war er jedenfalls auch. Die Tür wies seine Fingerabdrücke und Spuren seiner DNA auf. Allerdings nur von außen – innen wurde nichts gefunden. Das Gleiche gilt für Carolin Holtkamp. Aber das hatten wir ja schon nach unserem Verhör so vermutet." Hartmann machte eine Pause.

„Was ist mit Matthias Holtkamp?"

„Ja, Matthias Holtkamp. Unsere Intuition hat uns nicht getäuscht: kaum Spuren an der Außentür zwar, dafür aber massenweise im Chemieraum. Sein Sperma findet sich in der Vagina der Toten. Und - in der Hinsicht hat er uns wieder belogen - an beiden Sektgläsern, dem heilen und dem kaputten, waren seine DNA-Spuren beziehungsweise seine Fingerabdrücke."

„Mit anderen Worten ..."

„Genau, Stefan! Glückwunsch! Wir haben den Täter gefunden!"

„Kein Zweifel daran, dass die K.O.-Tropfen auch wirklich in Sandners Sektglas waren?"

„Laut Befund liegt die Wahrscheinlichkeit bei 99,8%. Mir reicht das für ein „Sieger-Kölsch" auf einen erfolgreich aufgeklärten Fall."

Altmaier lachte. „Alt, Michael. Hier trinkt man Alt." Und seine Anspannung wich einem Gefühl der Erleichterung.

Kapitel 21

[=> Altmaier]

Der Tag war inzwischen weiter fortgeschritten. Die Sonne stand jetzt gegen 16 Uhr prall auf den Südwest-Balkonen der Großstadt. Kein Wölkchen war am Himmel zu sehen. Die Temperaturen lagen aber weiterhin bei angenehmen 25 Grad im Schatten.

Der Fall Sandner war im Prinzip geklärt. Jetzt galt es noch das Geständnis des mutmaßlichen Täters zu bekommen. Das würde viele Dinge im weiteren Ablauf vereinfachen. Aber auch so waren die Beweise und Indizien erdrückend: Matthias Holtkamp hatte seine Ex-Affäre und Kollegin Isabelle Sandner mit einer Überdosis K.O.-Tropfen umgebracht. Darüber hinaus standen noch einige offene Fragen im Raum, auf die sich Altmaier und Hartmann in einem weiteren Verhör mit Matthias Holtkamp Antworten erhofften:

- Warum setzte der Sportlehrer seine Ex-Affäre mit K.O.-Tropfen am Abend der

Abschlussfeier außer Gefecht? Hatte sie ihn im Vorfeld oder am Abend abblitzen lassen? Wollte er ihr etwas heimzahlen?

- Was war der Ursprung der K.O.-Tropfen?
- War die Überdosis Absicht oder ein Versehen?
- War in diesem Sinne der Tod Isabelle Sandners eventuell nur ein „Unfall"?

All diese Fragen waren für die Kommissare noch ungeklärt.

Hartmann wollte sich die Festnahme von Holtkamp nicht entgehen lassen. Gemeinsam mit zwei Streifenbeamten war er vor einer knappen Viertelstunde zum Haus der Holtkamps aufgebrochen, um dem Täter selbst die Handschellen anzulegen. Altmaier konnte das gut nachvollziehen. In seinen jungen Ermittlerjahren war jeder gelöste Fall wie ein Ritterschlag für besondere Verdienste. Ihm selbst reichte nach all seinen Berufsjahren die Erkenntnis, dass er vor langer, langer Zeit mit seiner Berufswahl die absolut richtige Entscheidung getroffen hatte.

Altmaier wollte die Zwischenzeit bis zum Verhör Holtkamps am frühen Abend nutzen, um die zentralen Akteure in diesem Fall auf die kommenden Entwicklungen vorzubereiten. Er sah es als seine sozial-gesellschaftliche Pflicht an, die Schule in Person des Schulleiters darüber in Kenntnis zu setzen, dass in Kürze ein wahrhafter Orkan der medialen Aufmerksamkeit auf seine Bildungseinrichtung einbrechen würde: Mord an einer Lehrerin – begangen von einem Kollegen. Dieser Fall würde die nationalen Zeitungen, Magazine und Fernsehsender über Wochen beschäftigen. Der Schulleiter und das Bistum als Träger im Hintergrund sollten sich zumindest darauf vorbereiten können. Denn sie mussten mit der Situation klarkommen, verunsicherte Schüler und Eltern beruhigen und mit der ungewohnten Öffentlichkeit umgehen. Altmaier sah die Polizei hier auch in einer moralischen und gesamtgesellschaftlichen Verantwortung. Die zentralen Handelnden mussten frühzeitig - und somit inoffiziell - darüber informiert werden, in welche Richtung die Ermittlungen gingen – außerhalb der strikt vorgegebenen, gesetzlichen Abläufe.

Altmaier parkte - wie schon bei seinen vorherigen Besuchen - an der Straße vor dem Haupteingang der Schule. Beim Betreten des Schulgeländes sah er den Hausmeister, der rechts von der Eingangstür gerade ein Blumenbeet wässerte. Bernschmidt grüßte freundlich. Nachdem Altmaier den Gruß erwidert hatte, betrat er das Schulgebäude und das lichtdurchflutete Forum.

Zu dieser Uhrzeit befanden sich kaum noch Kollegen und erst recht keine Schüler mehr im Haus. Doch auch ohne buntes Schülertreiben konnte sich Altmaier vorstellen, dass hier im Allgemeinen eine sehr offene und angenehme Lernatmosphäre herrschte. Ob sich die Ergebnisse des Sandner-Falls wohl auf diese Atmosphäre auswirken würden? Konnte ein Ort, an dem ein derartiges Verbrechen begangen wurde, überhaupt wieder eine Art von

Unbekümmertheit erlangen, die Heranwachsende zum Lernen brauchten?

Im Lehrerzimmer tummelten sich zu dieser Zeit nur noch vier einsame Gestalten. Die übrigen Türen im Lehrertrakt waren verschlossen, was darauf hindeutete, dass die Mitglieder der erweiterten Schulleitung bereits zu Hause waren. Die einzige Ausnahme war die Tür des Schulleiterbüros von Peter Weinert, die noch geöffnet war.

Weinert saß an seinem Schreibtisch vor einem Berg von Ordnern. Nach dem Betreten des Raumes und den üblichen Begrüßungsfloskeln schloss Altmaier die Tür hinter sich. Er wollte den Schulleiter nur kurz über die Entwicklungen informieren und zog es deshalb vor, zu stehen. Er brauchte nur knapp drei Minuten, um die Geschehnisse kurz und prägnant für den Hauptverantwortlichen der Bischöflichen Franziskus-Gesamtschule zusammenzufassen.

Altmaier hatte mit verschiedenen, möglichen Reaktionen auf seine Unterrichtung gerechnet, aber die Reaktion des Schulleiters war für seinen Geschmack doch sehr speziell:

„Wenn's also geschieht, dass er sich so oder so schuldig gemacht hat, so soll er bekennen, womit er gesündigt hat."

Altmaier war einen Moment lang sprachlos. „Wie bitte?"

Weinert lächelte süffisant. „Ein Spruch aus dem Alten Testament. Drittes Buch Mose. Den sollte man kennen. Sehr passend in diesem Zusammenhang, finde ich."

„Aha." Altmaier schaute leicht irritiert. Er wusste nicht, was er auf diesen Bibel-Krams entgegnen sollte und schwieg.

Die Stille dauerte ein paar Sekunden, dann setzte Weinert nach. „Und Sie sind sich ganz sicher, dass der Fall damit gelöst ist?" Weinert erschien erleichtert, fast erfreut.

Altmaier zweifelte an seiner eigenen Wahrnehmung. Wie kam der Schulleiter zu so einer Reaktion? Ihm wurde vor anderthalb Minuten gerade eröffnet, dass die junge Lehrerin, die tot in seiner Schule aufgefunden wurde, mutmaßlich von einem seiner Kollegen ermordet wurde. „Nun, Herr Weinert, Sie haben vorhin ja sicherlich aufmerksam zugehört. Dann können Sie sich Ihre Frage ja bestimmt selbst beantworten. Oder war das etwa keine rhetorische Frage?" Diese Spitze konnte sich Altmaier nicht verkneifen.

„Nein, nein, natürlich. Natürlich habe ich zugehört. Dann werde ich mich jetzt mit der Schulabteilung des Bistums abstimmen, wie wir uns auf den ‚medialen Ansturm' vorbereiten. Diskret natürlich." Da war es wieder, dieses selbstgefällige Schulleiter-Lächeln.

Altmaier musste an Hartmanns Worte über Weinert vor ein paar Tagen im Präsidium denken: „Der war der Letzte vor Ort. Und in unseren Gesprächen hat der zum Teil eine echt seltsame Figur gemacht." War an Hartmanns Einschätzung vielleicht doch etwas dran?

Der Kommissar verwarf seinen letzten Gedanken sofort wieder und verabschiedete sich vom Chef der Bischöflichen Franziskus-Gesamtschule. Dann verließ er den Lehrertrakt.

Seine Irritation über die gerade erlebte Unterhaltung ließ nach und wich wieder der Genugtuung über den gelösten Mordfall.

Im Forum marschierte er an den Kollegiumsbildern der letzten Jahre vorbei. Die jeweiligen Daten unter den Bildern ließen darauf schließen, dass sie immer am Ende eines Schuljahres gemacht wurden. Vor dem letzten Bild verharrte er. Es zeigte das gesamte Kollegium in stehender Formation im Juli des vergangenen Jahres. Da standen sie alle bei bester Stimmung beieinander: die Wagners, Allmanns und Holtkamps dieser Schule. Die Aufnahme wurde bei schönstem Sonnenschein im Brunnenhof gemacht. Oh, du perfekte, heile Welt! Der Kommissar hielt einen Moment lang inne. Auf dem nächsten Bild würden mindestens zwei dieser gut gelaunten Menschen fehlen: Isabelle Sandner und Matthias Holtkamp, die auf diesem Foto direkt hintereinander standen.

Im nächsten Moment erfasste Altmaier ein Impuls. Es war ein fixer Gedanke, eine Art Eingebung beim Anblick dieses Bildes. Er überlegte, er dachte nach, er reflektierte. Schnellen Schrittes begab er sich auf den Platz vor dem Haupteingang. Der Hausmeister wässerte noch immer die Blumenkübel. Ein ganz kurzes Gespräch. Dann nahm Altmaier sein Handy in die Hand und wählte. Zwei Anrufe. Noch während des zweiten Anrufes verfinsterte sich sein Blick. Im Spurt lief er zu seinem Wagen, startete den Motor und fuhr davon.

Kapitel 22

[=> Altmaier]

Altmaier lenkte seinen Mercedes in die Parallelstraße seiner Wohnadresse. Am Straßenrand fand er nach einigem Suchen eine Parkbucht. Als er sich abgeschnallt hatte, bemerkte er, dass sein Handy in der Jackentasche vibrierte: Hartmann.

„Ja?"

„Stefan, war das vorhin dein Ernst?"

„Natürlich, war das mein Ernst! Was glaubst du denn, Michael?"

„Matthias Holtkamp sitzt hier im Nebenraum und wartet auf sein Verhör."

„Holtkamp kann warten! Ich will dich dabei haben! Das ist vielleicht die einzige Chance, die wir haben."

„Stefan, wirklich. Das geht nicht. Wenn du mich fragst, ist das reine Zeitverschwendung. Ich bin raus. Und du wirst hier erwartet ..."

Altmaier hörte ein Tuten in der Leitung. Er schaute ungläubig auf das Display seines Handys. Gab es das? Der Kerl hatte tatsächlich einfach aufgelegt. Dann eben ohne Hartmann.

Altmaier stieg aus seinem Wagen und lief noch gut 70 Meter bis zum angepeilten Ladenlokal. Nach zwei Minuten kam er mit einer kleinen Tüte in der Hand wieder heraus. Er lief zum Auto zurück und fuhr mit röhrenden Reifen davon.

Nach etwas mehr als 25 Minuten Fahrzeit mitten durch die Rushhour des Feierabendverkehrs hatte er sein Ziel erreicht. Am Seitenrand vor einem sandfarbenen Mehrfamilienhaus erkannte er einen mausgrauen Polo mit Eifler Kennzeichen: Hartmann. Altmaier lächelte. Auf seinen Kollegen war doch Verlass.

Nach einer kurzen Unterredung liefen beide noch gut 50 Meter bis zur Zieladresse. Unterm Arm hielt Altmaier die Tüte, die er vor gut dreißig Minuten abgeholt hatte. Als er klingelte, nahm er den Inhalt aus der Tüte: eine orange-weiße Medikamentenpackung mit der Aufschrift „Xyrem". Er hielt die Packung gut sichtbar auf Brusthöhe. Derjenige, der die Tür öffnen würde, musste so direkt darauf schauen.

Die Tür öffnete sich. Die Kommissare blickten in ein Gesicht, das eine Mischung aus Entsetzen und Erlösung offenbarte. „Ich ... ich ... ähm ... Mein Bauchgefühl sagte mir, dass Sie heute vor meiner Tür stehen würden." Christian Derendorf sprach mit stotternd-brüchiger Stimme. Die Kommissare hatten ihre einzige Chance genutzt.

Kapitel 23

[Der Täter =>]

Isabelle Sandner war von Anfang an eine nette, freundliche und sympathische Kollegin. Sie war immer engagiert, setzte sich für die Schüler ein und kam auch mit den Eltern ausgesprochen gut aus. So eine Kollegin sieht man gern als stellvertretender Schulleiter.

Wir verstanden uns gut. Sie war zum Beispiel auch bei den Touren dabei, die ich mit den jüngeren Kollegen hin und wieder in die Altstadt unternahm. Dabei bot ich ihr dann irgendwann auch das „DU" an, ... aber wir wollten das vor den anderen verschweigen.

Als es um die Bewerbungsstelle ging, zweifelte sie, ob es das Richtige für sie sei. Sie ahnte die atmosphärischen Konsequenzen auf kollegialer Ebene, aber ich ermunterte sie, ich unterstützte sie. Zunächst aber nur moralisch.

Als es in die heiße Phase ihrer Bewerbung ging, trafen wir uns zu zweit. Erst unregelmäßig, dann regelmäßiger. Wir gingen ihre Planungen durch, ich bereitete sie auf die Fachgespräche mit dem Chef vor. Es war ein sehr effizientes und vertrauensvolles Arbeiten.

Dabei unterhielten wir uns natürlich auch über Privates. Erst am Rande, dann immer mehr. Sie erzählte mir von sich, von gescheiterten Beziehungen, von einer unglücklichen Affäre mit einem Sportkollegen einer anderen Schule, einem verheirateten Mann – ohne einen Namen zu nennen.

Ich erzählte ihr von meinen Problemen zu Hause, von der plötzlichen Krankheit meiner Frau vor neun Monaten, dem ständigen Druck. Dem Gefühl, es nicht mehr auszuhalten, ausbrechen zu wollen. War dieser Wunsch egoistisch? Vielleicht. Aber ich konnte es daheim einfach nicht mehr ertragen. Meine Frau war eine erfolgreiche Businessfrau gewesen. Die hatte die Männer in der Vorstandsetage ihres Unternehmens nach zwei Wochen in ihrem Job so dermaßen in die Tasche gesteckt, dass die alle nach ihrer Pfeife tanzten. Sie war mega-erfolgreich, verdiente unfassbar viel Geld. Die

Headhunter riefen im Drei-Tages-Rhythmus bei uns zu Hause an.

Dann die Diagnose: Narkolepsie. Und alles war anders, von heute auf morgen. Sie ließ sich gehen, versank in Selbstmitleid. Sie haderte mit sich und ihrem Schicksal, wurde depressiv und ließ alles an mir raus. Wir hatten aus heutiger Sicht viel zu teuer gebaut. Aber es musste ja unbedingt der hippste Stadtteil von Düsseldorf sein, das Feinste vom Feinen. Vor ihrer Krankheit hatte sie Tausende von Euros nach Hause gebracht, Tendenz steigend. Danach: null Komma null. Die Kreditraten schnürten uns die Kehle zu. Nur durch die Großzügigkeit des Bistums konnten wir überhaupt noch atmen.

Ich nahm jede zusätzlich vergütete Vertretungsstunde mit, um ein paar Euro mehr in der Tasche zu haben. Ich schuftete jeden Tag. Und zum Dank für meine Plackerei in der Schule und die Übernahme sämtlicher Hausarbeiten gab es ihre täglichen Wutanfälle, ihre emotionalen Attacken und ihre unerträglichen

Anfälle. Ich hatte einfach keinen Bock mehr. Ich wollte raus. Raus aus dieser Hölle. Mehrmals dankte ich in ruhigen Momenten dem lieben Gott dafür, dass wir keine Kinder hatten.

In Isabelles Gegenwart konnte ich das alles vergessen. Ich konnte diesen ganzen Mist hinter mir lassen. Und ich hatte die Empfindung, dass Isabelle und ich ... dass wir uns annäherten. Nach meinen Erzählungen nahm sie meine Hand, sie umarmte mich. Verbal machte sie mir erst unterschwellig, dann direkter Hoffnungen auf die Zukunft. Sie sprach davon, dass wir „nach diesem ganzen stressigen Beförderungsverfahren", wenn die „Gedanken, die Seele wieder frei" seien, vielleicht einen Weg zueinander finden könnten. Sie fand den richtigen Ton. Ich klebte an ihren Lippen. Ich glaubte ihr. Ich träumte von einer gemeinsamen Zukunft mit ihr.

Gleichzeitig setzte ich mich bei jeder passenden Gelegenheit beim Chef für sie ein. Weinert war erst vorsichtig. Er teilte meine Ansicht, dass in diesem Beförderungsverfahren

Leistung zählen soll und nicht das Dienstalter. Aber er fürchtete sich vor dem kollegialen Sturm der Entrüstung, wenn Beate Wagner es nicht würde, sondern Isabelle. Ich erzählte ihr davon und sie war dankbar. Sie gab mir das Gefühl, mich für meinen Einsatz für sie zu bewundern: „Bald, Christian, bald ist der Stress vorbei. Dann beginnt ein neues Leben."

Als dann am Mittwoch vor der 10er-Abschlussfeier die Nachricht aus dem Bistum kam, dass Isabelle für die A14-Beförderungsstelle vorgesehen war, machte ich innerlich Luftsprünge. Nach außen musste ich neutral sein, ich durfte weder auf Isabelles, noch auf Wagners Seite stehen. Aber meine Gefühle … die tanzten Samba im Sonnenschein. Und am Horizont lag unsere gemeinsame Zukunft, unser gemeinsames Leben, das von Isabelle und mir. Noch am Abend, nachdem das Bistum seine Entscheidung bekannt gegeben hatte, schrieb ich ihr eine euphorische Nachricht. Auch nach ihrer recht nüchternen Antwort machte ich mir noch keine Gedanken.

Dann kam der Abend der 10er-Abschlussfeier. Am Rande der Zeugnisverleihung und bei der Feier an sich gab es mehrere kurze Begegnungen. Ich war innerlich immer noch total euphorisch, lächelte jedes Mal aus tiefstem Herzen, wenn ich mit ihr sprach.

Sie schien aber irgendwie gehemmt zu sein und in gewisser Weise auch distanziert. Nicht nur im Vergleich zu unseren Treffen zu zweit, sondern auch im Vergleich zu unseren sonstigen schulischen Gesprächen. Ich ahnte etwas, wollte und konnte es in dem Moment aber noch nicht realisieren.

Nach der filmreifen Anmache des Schülervaters coram publico vor dem Sektstand wusste ich, dass sie in den Chemieraum beziehungsweise den dazugehörigen Vorbereitungsraum geflüchtet war. Das war ihr schulischer Rückzugsort. Das wusste ich aus unseren Gesprächen unter vier Augen. Hier hielt sie sich auch in Freistunden oder vor Konferenzen auf, wenn sie ihre Ruhe haben wollte. Ich habe mich in diesem Moment bewusst dagegen entschieden, meine Schicht zu verlassen und ihr hinterher zu dackeln. Zumal ja dann auch Beate Wagner direkt hinter ihr herlief.

Nach dem Ende meiner Schicht brachte ich zunächst den letzten Schwung gebrauchter Gläser auf einem Tablett in die Lehrerküche. Die meisten stammten dabei wohl von unserer Kollegenrunde vor dem Sektstand, die von allen Gästen dort die größte Standfestigkeit an den Tag legte. Nach einem kurzen Plausch mit dem Chef auf der Türschwelle seines Büros habe ich mich verabschiedet.

Dann bin ich noch einmal vorbei an den letzten Feiernden und vorbei am Sektstand zum Hintereingang, um von dort aus zum Lehrerparkplatz zu gehen. Vor den Fenstern des Chemieraums, die von außen dicht mit Büschen und Sträuchern bewachsen sind, hörte ich einen lauten Konflikt zwischen einem Mann und einer Frau, der von innen nach außen drang. Ich wusste sofort, dass Isabelle beteiligt war. Die männliche Stimme konnte ich auf Anhieb nicht zuordnen. Ich blickte mich kurz um. Ringsum war niemand zu sehen. Seitlich zwängte ich mich in die Busch- und Strauchlandschaft vor dem Fenster. Ich wollte nur einen Blick in den Raum werfen.

Dann sah ich sie. Eine Welt brach für mich zusammen. Eifersucht stieg in mir auf. Wut kochte in mir hoch: Da stand sie, da stand Isabelle am Lehrerpult und trieb es mit Holtkamp, diesem Schmierlappen, diesem Ehebrecher. Ich wusste es sofort. Von wegen: „Affäre mit einem verheirateten Sportkollegen einer anderen Schule." Isabelle hatte mir etwas vorgemacht! Sie hatte mir die ganze Zeit von ihrer Affäre mit Matthias Holtkamp berichtet. Und dieses Arschloch, dieses Oberarschloch, schwängerte seine Ehefrau und trieb es nebenbei mit Isabelle.

Angeekelt und angewidert wendete ich mich von diesem Anblick ab. Ich wusste nicht wohin mit mir. Wohin mit dieser unfassbaren Enttäuschung, die ich empfand? Wohin mit dieser unsäglichen Wut? Isabelle hatte mich benutzt. Ich war nur Mittel zum Zweck gewesen. Sie wollte nur diese beschissene Beförderungsstelle. Gelogen das Gerede von der gemeinsamen Zukunft. Gelogen die Hoffnung, die sie mir gemacht hatte.

Ich schleppte mich in mein Auto. Dort saß ich, regungslos, apathisch. Zehn Minuten vielleicht. Ich weiß nicht mehr. Meine Erinnerung an diese Minuten ist wie ausgelöscht. Ich war wie in Trance.

Erst als ich die Tüte auf dem Beifahrersitz sah, kam ich wieder zu mir: das Medikament meiner Frau, das ich vor der Zeugnisverleihung aus der Apotheke abgeholt hatte. In diesem Moment traf ich die folgenschwerste Entscheidung meines Lebens. Die Wut brodelte noch immer in mir. Im Nachhinein würde ich sagen, sie ist in diesen Minuten im Auto sogar noch größer geworden. Ich war entschlossen. Ich wollte Rache. Ich wollte beiden eins auswischen.

Ohne nachzudenken, nahm ich das Fläschchen aus der Medikamententüte. Ich schaute mich um. Kein Mensch weit und breit. Schnellen Schrittes ging ich über den Lehrerparkplatz auf den Brunnenhof. Auch hier war niemand. Mit meinem Generalschlüssel konnte ich die Tür in den Lehrertrakt öffnen.

Die benutzten Gläser in der Lehrerküche standen noch so, wie ich sie abgestellt hatte. Ich wusste in etwa, welche Sektgläser von der Kollegenrunde stammten. Holtkamp war der einzige gewesen, der Sekt-O mit Himbeer-Topping getrunken hatte. Bei genauerem Hinsehen konnte ich zwei Gläser ausmachen. Notdürftig spülte ich sie durch. Aus dem Kühlschrank nahm ich eine der gekühlten Sektflaschen und befüllte beide Gläser ... zunächst gleich voll. Dann schüttete ich von einem Glas gut ein Drittel in den Abfluss. In das andere tröpfelte ich das Narkotikum meiner Frau. Ich setzte das Fläschchen ab und legte dann noch einmal nach. Isabelle sollte am nächsten Tag einen ordentlichen Filmriss haben, nichts mehr wissen. Am Ende sollte alles aussehen wie eine Vergewaltigung – von Matthias Holtkamp.

Mit beiden Gläsern in der Hand ging ich über den Brunnenhof, dann durch den Noteingang in den naturwissenschaftlichen Trakt. Am Chemieraum horchte ich zunächst ... nichts. Stille. War Holtkamp schon weg? War Isabelle noch da? Ich überlegte einen Augenblick, was ich nun machen sollte. Dann klopfte ich einfach ... nichts tat sich. Ich klopfte noch einmal, dieses Mal energischer. Es dauerte ein paar Sekunden. Dann öffnete sich die Tür.

Ich hatte recht. Isabelle war allein. Sie sah vollkommen fertig aus: verschmiertes Make-Up, zerzauste Haare, das Kleid hing auf halb acht. Kein Wunder, dass sie noch da war ... die wollte abwarten, bis alle weg waren. Wollte keine Gerüchte riskieren ... unsere Elternschaft kann gnadenlos sein. Ich merkte ihr an, dass ihr mein Erscheinen nicht in den Kram passte. Sie lächelte gekünstelt. Dennoch bat sie mich herein.

„Isabelle, wir hatten noch gar keine Gelegenheit auf deinen Erfolg anzustoßen. Herzlichen Glückwunsch!" Mein Tonfall war warm und freundlich, aber es fiel mir unfassbar schwer, mich zu verstellen, meine unsägliche Wut zu unterdrücken. Ich spürte meinen Ärger, den Hass auf sie in jeder Faser meines Körpers. Sollte ich vorher noch einen Funken Zweifel verspürt haben, so waren diese Zweifel jetzt wie weggefegt. Diese Schlampe hatte es verdient. Ich reichte ihr das volle Sektglas.

„Danke, Christian!" Sie lächelte gequält. Wir stießen an. In dem Moment, als sie ihre Lippen zum Rand des Sektglases führte, lief mir ein kalter Schauer den Rücken hinunter. Oh Gott, was hatte ich nur getan? Eine Millisekunde lang überlegte ich, ihr das Glas einfach aus der Hand zu schlagen. Aber es war zu spät. Sie nahm einen großen Schluck. Mein Blick wurde starr. Ich zitterte am ganzen Körper. Sie fragte mich, was los sei. Ob es mir nicht gut gehe.

„Nichts! Alles in Ordnung. Ein langer Tag … mehr nicht!" Was hatte ich nur getan? Wir unterhielten uns. Ich weiß nicht mehr, worüber. Irgendwas. Irgendein Zeug. Ich weiß es nicht mehr. Ich konnte nicht mehr klar denken. Ich war nicht mehr Herr meiner Sinne.

Irgendwann klappte sie einfach zusammen. Ich ließ sie fallen. Sie fiel hart auf den Boden. Sie bekam keine Luft. Sie röchelte. Flehentlich sah sie mich an. Ihre Augen ... so angsterfüllt, so hilflos. Ich stand einfach nur da, wie paralysiert. Ich starrte sie an. Ich wollte ihr doch nur einen Schrecken einjagen, aber ich sah, wie sie um ihr Leben kämpfte. Die Frau, mit der ich mir eine gemeinsame Zukunft erträumt hatte. Sie kämpfte, aber sie hatte keine Chance. Ich sah ihren letzten Atemzug.

Dann war sie tot. Nie werde ich diesen Anblick vergessen. Und ich war für ihren Tod verantwortlich. Ich hatte sie umgebracht. Kaltblütig getötet. Was war ich nur für ein Mensch?

Ich musste meinen Blick abwenden. Ich konnte nicht mehr hinschauen. Ich wusste nicht, was ich tun sollte. Ich war wie gelähmt.

Irgendwie schaffte ich es, hinter das Lehrerpult zu kriechen. Ich ließ sie einfach da liegen. Was hatte ich getan? Ich war ein Mörder. Was sollte ich jetzt tun? Es war schrecklich. Doch es kam noch schlimmer.

Nach zwei, fünf oder fünfzehn Minuten ... ich weiß nicht, wann ... klopfte es an der Tür! Ich hoffte, der Boden würde sich auf tun. Ich wollte in der Hölle versinken. Die Angst packte mich. Ich war mir sicher: Das war's. Gleich würde ich entdeckt werden. Gleich würde ein Schlüssel im Schloss rumgedreht werden. Ich hielt beide Hände vor mein Gesicht. Aber es tat sich nichts. Stattdessen verstummte das Klopfen.

Minutenlang muss ich einfach nur da gesessen haben. Meine Gedanken waren woanders, in einer anderen Welt. Ich kann mich an nichts mehr erinnern. Doch dann kam die Panik zurück. Es klopfte wieder! Erst leicht, dann stärker und immer stärker. Das Klopfen wurde zu einem Trommeln. Es gab Schreie und wüste Tritte gegen die Tür. Wieder saß ich zusammengekauert hinter dem Lehrerpult. Wieder war ich in Angst. Wieder dieser Horror. Und dieses Mal war ich mir zu einhundert Prozent sicher: „Es ist aus! Das ist das Ende! Noch einmal kommst du nicht mit dem Schrecken davon." Aber wie durch eine göttliche Fügung verstummten die Tritte und Schreie noch einmal.

Ich raufte mich zusammen. Eine Art Fluchtinstinkt setzte in mir ein. Nur weg von hier! Weg von diesem Anblick! Weg von diesem Ort! Geistesgegenwärtig nahm ich ihr Handy aus ihrer Handtasche. Mein Glas kippte ich in den Abfluss. Alles andere ließ ich einfach so zurück. Ich ließ sie einfach so da liegen … schenkte ihr noch nicht mal einen letzten Blick! Was war ich nur für ein Monster?

An der Türschwelle stolperte ich über einen kleinen, weißen Zettel. Wo kam der her? Der hatte doch vorher noch nicht dort gelegen. Ich konnte es mir nur so erklären, dass ihn jemand unter der Tür durchgeschoben haben musste. Mit zitternden Händen hob ich ihn auf.

Und las: „Irgendwann wirst du bezahlen!" Oh Gott! Es gab jemanden, der mich gesehen hatte! Jemanden, der wusste, was ich getan hatte! Ich wusste nicht, was ich tun sollte, also steckte ich den Zettel einfach in die Tasche. Vorsichtig öffnete ich die Tür. Schaute nach links. Schaute nach rechts. Aber da war keiner!

Ich rannte durch die Noteingangstür auf den Brunnenhof. Dieses Mal schaute ich nicht links und nicht rechts. Ich hatte Scheuklappen auf. Ich rannte einfach nur. Auf den Lehrerparkplatz. Hinein ins Auto. Ich hielt die Luft an. Wurde ich verfolgt? Hatte mich irgendjemand gesehen? Ich schloss die Augen und atmete tief durch. Dann drehte ich mich nach allen Seiten um. Keiner! Da war keiner. Nur Autos, keine Menschen. „Weg, einfach nur weg!" war mein einziger Gedanke. Ich merkte, wie meine Beine und Arme zitterten, wie mein Blick verschwamm. Aber ich fuhr los. Einfach nur los. Einfach nur weg.

Kapitel 24

[=> Altmaier]

Altmaier schaute auf das Diktiergerät, das auf dem Tisch vor ihnen lag. Für einen Moment herrschte Stille. Dann schaute er Derendorf an:

„Wo sind Sie hingefahren?"

„Nach Hause. Ich habe dir Tür aufgeschlossen, meine Sachen im Flur abgesetzt und mich ins Bett gelegt. Neben meine Frau. So als wäre nichts gewesen. So als wäre alles nur ein böser Traum gewesen. Wahnsinn."

Altmaier nickte. „Wo ist Isabelle Sandners Handy? Sie sagten eben, Sie hätten es aus ihrer Tasche genommen."

Derendorf presste die Lippen zusammen. „Das habe ich am Abend noch im Rhein versenkt."

Altmaier schaute hinüber zu Hartmann. Der schien ebenso wenig überrascht zu sein, wie er selbst. Dann wandte er sich wieder Derendorf zu. „Ihnen muss bewusst gewesen sein, dass das

Narkotikum in Verbindung mit Alkohol tödlich sein würde."

Altmaier sah Derendorf intensiv an. Der versuchte die Fassung zu bewahren. Doch es gelang ihm nicht. Seine Augen wurden feucht. Tränen liefen ihm über das Gesicht. „Das war es nicht – zumindest nicht in diesem Moment. Ich war blind vor Wut und wollte den beiden einfach nur eins auswischen."

„Eine folgenschwere Entscheidung." Altmaier dachte an das Opfer. Er hob seine Stimme. „Isabelle Sandner war gerade einmal Anfang 30, sie hatte ihr ganzes Leben noch vor sich. Sie haben es in einer Kurzschlussreaktion einfach ausgelöscht."

Derendorf schluchzte. „Ich bin mir meiner Schuld bewusst. Und ich werde dafür geradestehen."

„Haben Sie jemandem von Ihrer Tat erzählt?"

„Nein, keinem."

„Was ist mit Peter Weinert, ihrem Chef? Haben Sie ihm gegenüber irgendwas erzählt oder angedeutet?"

„Nein, aber ..."

„Was ,aber'?

Derendorf überlegte. „Aber ich glaube, er hat es vermutet."

„Wieso?"

„Nun, am Morgen nach der Abschlussfeier, als Sie das Schulleiterbüro verlassen haben, um noch einmal in den Chemieraum zu gehen, wollte er unter vier Augen mit mir sprechen. Er fragte mich, wie der Heimweg gewesen sei. Ich sagte „gut" und er erwiderte „Ich nehme an, der Fußmarsch nach Düsseldorf hat etwas länger gedauert. Dein Auto stand noch neben meinem, als ich die Schule gestern Abend als ,Letzter' verlassen habe." Nachdem ich nicht geantwortet hatte, sagte er: „Christian, ich brauche dich hier. Wir sind ein Team. Wir sind die Schulleitung. Mach' keine dummen Sachen!" Daher gehe ich davon aus, dass er zumindest eine Vermutung hatte und ahnte, dass ich es war."

Derendorf klang glaubhaft. Altmaier hatte aber noch weitere Fragen.

„Wo ist der Zettel, den Sie an der Tür aufgehoben haben?"

„Ich habe ihn … ich habe ihn … hier." Mit zitternden Fingern holte Derendorf einen zusammengefalteten Zettel aus seinem Portemonnaie.

Altmaier war erstaunt. „Sie haben ihn die ganze Zeit im Portemonnaie mit sich getragen?"

„Ja. Ich wusste nicht, wohin damit. Niemand durfte ihn sehen." Derendorf schluckte. „Aber der Zettel zeigt die Handschrift des Erpressers. Deshalb brauchte ich ihn."

Altmaier war perplex. „Sind Sie erpresst worden?"

„Nein. Ich habe stündlich, fast minütlich mit einem Erpresserschreiben gerechnet. Nachts habe ich kein Auge mehr zu getan. Aber es kam nichts. Bis zum heutigen Tag nicht."

Altmaier nahm den Zettel zur Hand und entfaltete ihn. Die Schrift war verwaschen und krakelig. Von wem stammte der Zettel? Carolin Holtkamp und Grubert waren am späten Abend der Abschlussfeier nachweislich noch einmal an der Tür des Chemieraums gewesen. Altmaier schaute sich den Zettel intensiv an. So schrieb keine Frau - der Zettel musste von Grubert stammen. Er schob den Zettel zu Hartmann und schaute seinen Kollegen an. Der nickte zweimal. Manchmal verstanden sie sich auch ohne Worte.

Dann wandte er sich wieder Derendorf zu. „Herr Derendorf, es gibt keinen Erpresser. Und auch ein Erpresserschreiben wird es nicht geben. Der Zettel beziehungsweise die Drohung darauf galt nicht Ihnen."

„Waaasss? Aber wem galt …? Sie meinen doch wohl nicht etwa …? Das kann doch nicht sein!"

„Doch. So ist es. Der Zettel galt Frau Sandner."

Derendorfs Kopf lief hochrot an. „Welches Schwein hat Isabelle bedroht? Wer wollte ihr etwas antun?" Seine Wut stand ihm ins Gesicht geschrieben.

Altmaier hob beide Augenbrauen. Er sah aus den Augenwinkeln wie Hartmann den Kopf schüttelte. Auch er traute seinen Ohren kaum. Derendorf hatte ganz offensichtlich den Sinn für die Realität verloren.

„Ach, wissen Sie, Herr Derendorf, dieser mickrige Drohbrief hat Isabelle Sandner nicht umgebracht."

„Was wollen Sie damit sagen?"

„Ist das nicht offensichtlich?" Er schaute dem stellvertretenden Schulleiter in die Augen. „Sie sollten sich in Ihrer Lage genau überlegen, was Sie von sich geben. Fürs erste ist alles gesagt."

Das Gespräch war beendet. Kurze Zeit später kam der Streifenwagen mit zwei Beamten, die Derendorf abholten, um ihn ins Untersuchungsgefängnis zu bringen.

*

Vor ihren Autos blieben Altmaier und Hartmann kurz stehen. Hartmann hatte noch Gesprächsbedarf.

„Stefan, wie bist du darauf gekommen, dass es Derendorf war? Den hatten wir doch gar nicht auf dem Schirm."

„Das war letztlich nur ein Impuls. Intuition. Nachdem ich Weinert über die vermeintliche Lösung des Falls informiert hatte, stand ich noch einen Moment lang im Forum der Schule und habe mir die Kollegiumsbilder der letzten Jahre angeschaut. Auf dem Bild des letzten Jahres stand Derendorf direkt neben Weinert. Die schienen darauf annähernd gleich groß zu sein. Bei unserer ersten Begegnung wirkte Weinert mit seiner stämmigen Figur und seinem Bauchansatz auf mich aber eindeutig kleiner als sein Stellvertreter." Altmaier sah Hartmann zustimmend nicken. „Ich habe dann auch nicht ansatzweise hinterfragt, wer gemeint sein könnte, als der Hausmeister und Carolin Holtkamp in den Vernehmungen vom ‚kleinen Chef' gesprochen haben. Das stand für mich fest. Dann fiel mir ein, was uns Weinert über die Krankheit von Derendorfs Frau erzählt hatte: Narkolepsie. Nach einem Anruf in meiner Nachbarschaftsapotheke war ich im Bilde: Die Verbindung 4-Hydroxybutansäure, im Volksmund auch als „K.O.-Tropfen" bekannt, findet sich in fast allen Medikamenten zur Behandlung von Narkolepsie. Danach war ich mir zu einhundert Prozent sicher: Derendorf war's!"

„Und woher wusstest du, dass es genau dieses Medikament war?"

„Das wusste ich nicht. Aber ich habe meinen Apotheker danach gefragt, was das meistverkaufte Präparat bei diesem Krankheitsbild ist. Das hat offensichtlich gepasst.

„Wahnsinn! Was für ein Fall! Was für eine Wendung! Das hätte mir einer mal vor zwei Stunden erzählen sollen ... unglaublich!" Hartmann lachte. Dann schaute er zu Altmaier „Und jetzt, Stefan? Ein Siegerbier in „Rudis Kultkneipe"?

„Erstmal solltest du ins Präsidium fahren und den Holtkamp nach Hause schicken. Der ‚arme' Kerl sieht sich bestimmt schon auf der Anklagebank. Und was das ‚Siegerbier" betrifft …" Altmaier hielt einen kurzen Moment inne „ein anderes Mal, Michael."

Er verabschiedete sich von Hartmann und setzte sich ins Auto. Ihm war trotz des gelösten Falles nicht nach Feiern zu Mute. Auf der Fahrt zu seiner Wohnung dachte er an die ermordete Isabelle Sandner. Ermordet aus Eifersucht. Ein tragisches Ende. Wie hatte sie die letzten Minuten ihres Lebens wohl erlebt? Was war in ihr vorgegangen? Was hatte sie empfunden?

Kapitel 25

[=> Isabelle Sandner]

Nachdem Matthias Holtkamp die Tür des Chemieraums hinter sich geschlossen hatte, hielt sie sich beide Hände vor das Gesicht. Was war bloß in sie gefahren? Wie konnte sie es zulassen, dass er ihr noch einmal so nah kommen konnte? Sie schnaufte durch. Was sie jetzt brauchte, war etwas Ablenkung, ein wenig Zerstreuung. Sie ging in den Vorbereitungsraum und stellte das Radio an. Das Radio hatte sie sich vor vielen Monaten mitgebracht von zu Hause ... für die Nachmittage, in denen Sie in der Schule arbeitete oder für eine kleine Auszeit vor Fach- und Lehrerkonferenzen. Es half ihr, die Gedanken etwas treiben zu lassen, dem Kopf eine Entspannungspause zu gönnen.

Doch dieses Mal gelang ihr das nicht. Was hatte sie da eben nur getan? Wie konnte sie sich noch einmal auf diesen Lügner einlassen, der sie so verletzt hatte? Diese Affäre war doch schon längst vorbei gewesen. Sie hatte ihre Gefühle doch längst im Griff ... hatte sie zumindest gedacht. Klar, die ersten Tage und Wochen nach dem Ende waren unfassbar schwer gewesen. Sie hatte in dieser Zeit so viel geweint, wie in ihrem ganzen Leben noch nicht.

Aber zuletzt war es für sie doch aufwärts gegangen … sie dachte nicht mehr jede freie Minute an Matthias. Sie wollte das alles nicht mehr. Sie wollte ihn nicht mehr … dieses Schwein, dieses Arschloch, das ihr das Blaue vom Himmel versprochen und nebenbei seine Frau geschwängert hatte. Und trotz allem, trotz ihrer Hassgefühle, hatte sie sich gerade auf diesen Typen noch einmal eingelassen. Und das im Chemieraum, auf dem Lehrerpult!

Wie sie diesen Rückfall in diesem Moment bereute. Sie hasste sich für diese emotionale Schwäche, die sie da eben gezeigt hatte. Sie fühlte sich schlecht. Sie fühlte sich dreckig. Sie wollte sich gar nicht ausmalen, wie sie in diesem Moment, nach dieser Nummer hier im Chemieraum, aussah.

Je mehr sie darüber nachdachte, desto wütender wurde sie auf sich selbst. Wie konnte das passieren? Gerade jetzt, wo sie dabei war, ein für alle Mal mit dieser unglücklichen Affäre abzuschließen. Gerade jetzt, wo sie auf einem guten Weg war. Wo sie das Gefühl hatte, langsam wieder bereit zu sein … für etwas Neues. Sie wollte sich wieder jemandem öffnen und anvertrauen können. Es gab da jemanden. Aber sie brauchte noch Zeit, das war ihr klar. Der Stress der letzten Wochen, die emotionalen Verletzungen und die seelischen Narben, die dieses Verhältnis mit Matthias aufgerissen hatte, brauchten Zeit, um zu verheilen. Erst dann konnte sie sich wieder auf etwas Neues einlassen. Sie musste sich und ihre aufkeimenden Gefühle noch etwas bremsen. Das wusste sie.

Isabelle hatte sich wieder auf den Stuhl am Lehrerpult gelümmelt. Sie wollte noch nicht nach Hause fahren. Sie hatte kein Interesse daran, jetzt noch auf irgendjemanden zu treffen. Sie wollte warten, bis keiner mehr in der Schule war. Womöglich wäre sie sonst noch einigen Feierwütigen in die Arme gelaufen. Dann hätte sie lästigen Smalltalk führen müssen. Nein, das musste sie sich wirklich nicht geben, nicht mehr am heutigen Abend. Und zu Hause wartete ja eh niemand auf sie.

Sie entspannte sich ein wenig und lauschte den Klängen des Radios, die aus dem Vorbereitungsraum zu ihr herüberdrangen:

"...Just hold me close inside your arms tonight
Don't be too hard on my emotions.

'Cause I need time
My heart is numb, has no feeling
So while I'm still healing
Just try and have a little patience..."

Isabelle musste schmunzeln. Wie passend. Ein Wink des Schicksals, der ihr da über das Radio zuflog? Sie lächelte.

Ein Klopfen ... Meine Güte. Was war das für ein Abend? Konnte sie denn nicht mal für fünf Minuten ihre Ruhe hier haben? Nach all dem Mist, den sie heute erlebt hatte? Sie entschloss sich, das Klopfen einfach zu ignorieren. Der- oder diejenige sollte ruhig denken, dass hier niemand mehr im Raum war. Einfach ignorieren. Einfach abwarten. Doch es half nichts. Das Klopfen wiederholte sich. Dieses Mal energischer. „Was soll schon noch kommen? Nach den letzten zwei ‚Besuchen' kann es ja eigentlich schlimmer nicht mehr werden." Isabelle nahm es mit Humor und öffnete die Tür des Chemieraums. Vor ihr stand ... Christian Derendorf. Oh Gott, wie sah sie aus? Was musste sie für ein Bild abgeben? Das war der Super-GAU!

„Christian! Mit dir hatte ich gar nicht gerechnet. Das ist aber eine schöne Überraschung! Komm rein!" Sie versuchte zu lächeln, aber das gelang ihr nicht so recht. War das auch ein Wink des Schicksals, dass jetzt ausgerechnet Christian hier stand? Sie schämte sich. Da stand er vor ihr, mit zwei Gläsern Sekt in der Hand – der Mann, der ihr die Hoffnung zurückgegeben hatte. Der Mann, dem sie sich öffnen und dem sie sich anvertrauen wollte.

„Isabelle, wir hatten noch gar keine Gelegenheit auf deinen Erfolg anzustoßen.

Herzlichen Glückwunsch!" Christian lächelte. Er war so aufmerksam. So liebenswürdig.

„Danke, Christian!" Er reichte ihr ein Glas. Isabelle versuchte wieder zu lächeln. Es fiel ihr schwer. Sie hoffte, dass er ihr das nicht anmerkte. Sie konnte nicht. Sie hatte so ein schlechtes Gewissen. Es fühlte sich fast so an, als hätte sie ihn eben mit Matthias betrogen. Woher kam dieses Gefühl? Zwischen Christian und ihr war doch (noch) gar nichts gelaufen. Aber sie spürte es, diese starke Anziehung zwischen ihnen.

Christian hatte sie unterstützt. Oh ja! Er hatte sie aufgebaut. Vor ihrer Bewerbung auf die Beförderungsstelle hatte er sie ermutigt: „Mach das! Du kannst das! Du wirst das schaffen!" Und das, obwohl er in seiner Position als stellvertretender Schulleiter eigentlich der Neutralität verpflichtet war. Aber das war ihm egal. Während des Bewerbungsverfahrens war er immer für sie da. Er unterstützte sie, wo er nur konnte. Wenn auch nur heimlich. Es sollte niemand mitbekommen. Das wäre nicht gut gewesen ... für das Verfahren und für sie beide.

Eigentlich fing alles recht harmlos an. Sie führten fachliche Gespräche im Rahmen des Bewerbungsverfahrens. Aber dabei blieb es nicht. Die Gespräche wurden privater, persönlicher. Er öffnete ihr sein Herz, erzählte von seinen Schwierigkeiten zu Hause. Sie erzählte ihm von der unglücklichen Liebesgeschichte mit Matthias, wenn auch leicht abgewandelt. Es hatte sich etwas entwickelt. Zunächst schien alles nur freundschaftlich, aber Isabelle fühlte sich zu ihm hingezogen. Da war was. Aber es war ein ungünstiger Zeitpunkt: Die Sache mit Matthias hatte sie noch nicht verarbeitet, dann der Stress des Beförderungsverfahrens.

Zudem war es auch für ihn schwierig. Sie wusste von der Krankheit seiner Frau, er hatte ihr alles im Detail erzählt. Auch Christian sollte sich sicher sein, bevor sie gemeinsam diesen Schritt gingen ... mit all den daraus resultierenden Konsequenzen. Ein zwangsläufiger Schulwechsel wegen des „Verstoßes gegen die Sittenlehre" des kirchlichen Arbeitgebers war da noch die kleinste Hürde.

Sie waren in den Raum getreten. Er lehnte sich ans Lehrerpult, da, wo sie mit Matthias ... sie mochte nicht dran denken. Sie stand zwei Schritte von ihm entfernt und lächelte verlegen. Als sie das Glas zu ihrem Mund führte, glaubte sie, ein Zucken seines rechten Armes wahrzunehmen. „Was hat er denn?" dachte sie und trank einen großen Schluck. Dann wurde Christian auf einmal kreidebleich im Gesicht. Er begann zu zittern.

Isabelle machte sich Sorgen. „Christian, was ist los? Was hast du?" Isabelle überlegte einen kurzen Moment lang, ob sie ihren Arm um ihn legen sollte. Sie entschied sich aber dagegen.

Schweißperlen sammelten sich auf seinem Gesicht. Er schaute zur Seite. „Nein, Isabelle. Es ist nichts. Alles in Ordnung. Ich glaube, es war einfach ein langer Tag ... mehr nicht!" Die Sorge trieb Isabelle um, aber Christian schien sich wieder etwas zu erholen.

Dann redeten sie über dies und das: die Zeugnisverleihung, die Abschlussfeier, die Ferien. Isabelle wurde lockerer, aber Christian war durchweg kurz angebunden. Er ging so gut wie gar nicht auf sie ein, war gedanklich irgendwie abwesend. Der Witz, der Charme, den er Isabelle gegenüber in den letzten Wochen versprüht hatte, er fehlte ihm an diesem Abend. „Vielleicht liegt's ja wirklich am langen Tag", dachte sich Isabelle im Stillen.

Plötzlich wurde ihr schwindelig. Ihr Blick verschwamm. Sie sah nur noch Christians Umrisse. Um Himmels Willen, was war mit ihr? Sie merkte, wie die Muskeln in ihren Beinen versagten. Sie spürte, wie sie das Gleichgewicht verlor. Sie klappte einfach zusammen.

Hart schlug sie mit dem Hinterkopf auf dem Steinboden auf. Der Schmerz durchfuhr ihre Glieder. Da war diese Beklemmung in ihrem Hals, in ihrer Lunge, in ihrem gesamten Oberkörper. Was geschah mit ihr? Sie konnte nicht atmen. Sie bekam keine Luft. Oh Gott, was war das? Sie streckte die Arme aus ... nach Christian. Sie wollte seinen Namen rufen, aber sie bekam nur ein Röcheln heraus. Warum half er ihr nicht? Warum stand er nur da? Warum starrte er sie nur an? Sie kämpfte. Sie keuchte. Sie röchelte.

Sie merkte, wie sich ihre Gedanken vernebelten, wie sie langsam ihr Bewusstsein verlor. Ein letztes Mal schaute sie zu ihm hoch. Dem Mann, mit dem sie von einer gemeinsamen Zukunft geträumt hatte.

Jakob Franz Dillinger wurde in Marsberg im Sauerland geboren. Nach seiner Kindheit und Jugend in der westfälischen Provinz zog es ihn in die Weltstadt Paderborn, wo er Englisch und Französisch studierte. Im Anschluss verschlug es ihn an den Niederrhein, wo er acht Jahre lang an einer kirchlichen Gesamtschule unterrichtete und seine eigenen Erfahrungen mit dem System kirchlicher Schulen sammelte. Heute ist er als Lehrer an einem Gymnasium in Viersen und in der Lehrerausbildung tätig. Mit seiner Familie lebt er in Nettetal.